잘 살고 있는 건지 걱정하는 너에게

잘 살고 있는 건지
걱정하는 너에게

조선진 지음

마시멜로

한때 울퉁불퉁한 내 모습을 감추려고 했던 때도 있었지.
그럴수록 자신감은 떨어졌고 숨고만 싶어졌어.

'너는 그냥 있는 그대로 너란다.
완벽해지려고 나 자신을 모두 포기하지는 마.'

그 순간 인생은 원래 완벽하지 않다는 것을 깨달았지.

그때부터 나는 나의 부족함을 감추려하기보다는
나를 잘 드러내는 법을 배우기 위해 노력했어.

그게 쉽지는 않았어.
세상은 나를 매끄럽게 만들기 위해 끊임없이 말했거든.

하지만 나는 잘 살고 있는지 걱정하는 너에게
이렇게 말해주고 싶어.
완벽하지 않기에 우리는 각자의 방식으로 잘 되어가고 있다고.

20대에는 삶이 불안정해서 30대의 나를 동경했다. 내 상상 속의 30대는 일과 사랑, 친구 등 인생에서 중요하다고 생각한 것들을 모두 이뤄낸 나이였다. 20대가 순간의 빛짝임이라면, 30대는 여러 번의 반짝임 끝에 완성되는 별자리일 것 같았다. 반짝임이 사라지면 어둠이 찾아올지 모른다는 두려움을 끌어안고 20대의 나는 30대의 세계로 넘어왔다.

그렇게 서른을 훌쩍 넘기고 나이 앞에 붙은 3이라는 숫자에 익숙해지던 어느 날, 문득 돌아본 나의 모습이 그 시절의 상상과는 다르다는 것을 깨달았다. 나는 여전히 서툰 모습 그대로였다. 문득 '나 잘 살고 있는 건가?' 걱정되기 시작했다.

한동안 부족한 내 모습을 감추고 포장하기 위해 노력했다. 때로 무기력해지기도 했다. 그러나 이내 그 누구도 완벽해질 수 없다는 것을 깨달았다. 그때부터 나는 방법을 바꾸어 나의 부족함을 감추려 하기보다는 있는 그대로의 나를 드러내기로 했다. 첫 번째 단계가 서툰 내 모습을 인정하고 그대로 받아들이고 표현하는 것이었다. 하지만 몇몇 사람들은 다가와서 내게 '그렇게 하면 안 된다'고 하루빨리 세상의 기준에 나를 맞춰야 한다고 속삭였다. 그때마다 나는 매일 거울을 보며 거울 속의 내게 말해주었다.

'지금 이대로도 충분히 좋아! 완벽하지 않아도 괜찮다고!'

그러자 많은 것들이 바뀌었다. 매일이 완벽하기를 바라고, 작은 실수조차 용납하지 못해 발을 동동 굴렀던 그 시절보다 훨씬 행복하고, 느낌 탓인지 작업의 결과물이나 내 커리어도 점차 좋아져 갔다. 결국 모든 답은 외부가 아닌 내 안에 있었던 것이다. 그럼에도 이따금 불안할 때면 과거의 내가 불쑥 튀어나와 '나, 잘 살고 있는 걸까?' 하고 다시 묻는다.

그럴 때마다 나는 내게 말해주고 싶다. 완벽하지 않아도 괜찮다고, 특별하지 않아도 괜찮다고, 지금의 나로 괜찮다고, 충분히 잘 살고 있다고 말이다. 이런 오랜 고민의 시간들 끝에 이 책이 나왔다.

이 책이 '잘 살고 있는 건지 걱정하고 있을' 모든 사람들에게
작은 용기이자 응원이 되기를 바란다. 잘 살고 있다고. 지금의
당신은 충분히 잘 해내고 있다고 말이다.

프롤로그 014

1장
내 인생을 지키기 위해
알아야 할 것들

3장
시간을 내 편으로 만들기 위해
알아야 할 것들

4장
나와 잘 지내기 위해
알아야 할 것들

1장

내 인생을 지키기 위해
알아야 할 것들

오늘은 여기까지
하겠습니다

바빴던 어느 날, 정신을 차리고 보니 노을이 지고 있다. 어느새 마음속에 조급함이 차오른다. 예전에는 느긋했던 내가 언제부턴가 눈앞에 쌓인 일을 두고 보지 못하는 사람이 되어 있었다. 창문 너머에는 어느새 해가 완전히 졌고, 나는 누가 들을 리 없는 푸념을 한다.

"별은 몇 개 보이지도 않고……."

이래서 사람은 한적한 곳에서 여유를 즐기며 살아야 하는데, 도시의 삶은 너무 바쁘고 팍팍하다고 생각하던 중이었다. 무

리했는데도 결국 목표한 만큼 해내지 못했다는 죄책감에 마음이 자꾸만 무거워지던 날, 그때 휴대전화가 울렸다. 누구라도 붙들고 푸념하고픈 마음을 눈치챈 걸까? 평소 속에 있는 말 없는 말도 다 꺼내 보이던 친한 친구의 전화다. 이심전심이라고, 상대방도 나와 같은 처지인지 퇴근 전이란다. 아직 일이 한참 남아서 퇴근은 엄두도 못 낸다는 친구의 말에 "오늘 못한다고 하늘이 무너지는 것도 아닌데 말이지"라고 말해버렸다.

그런데 말이란 게 신기하다. 내뱉고 나니 머릿속이 정리됐다. 안 되는 일을 붙잡고 있어봤자 에너지만 쏟을 뿐 아무런 진전이 없으니, 이럴 때는 내일로 미루는 것이 합리적이지 않은가? 당장 한두 달만 지나도 지난날 나를 힘들게 하는 문제들이 내 인생에서는 그리 중요한 것이 아니었다고 깨닫게 될 때가 있다. 그걸 알고 나니 일이나 인간관계로 막막하고 지칠 때 '이게 정말 내 인생에서 중요한 일인가?' 하고 자신에게 질문하는 버릇이 생겼다.

답은 대부분 '그렇지 않다'이다.

나 자신에게 그 대답을 듣고 나면 마음이 한결 가벼워진다. 이 답을 조금 일찍 알았더라면, 조금 편안하게 그 시기를 보낼 수 있었을까? 집으로 돌아와 예능 프로그램을 보는데 어떤 아이돌 그룹의 멤버였던 연예인이 이런 얘기를 했다.

지금 그때로 돌아간다면 더 잘될 자신이 있느냐고요? 아니요, 그때는 그게 나의 최선이었어요.

나도 그렇다. 오늘의 최선은 여기까지!

인간관계의
필요충분 조건을
갖춘다

요즘 연애를 시작했다는 친구와 이런저런 대화를 하다가 이런 얘기를 들었다. 만남에도 필요한 만남이 있고, 끌리는 만남이 있다고. 그게 다르냐고 묻다가, 그럼 같다고 생각하느냐는 친구의 물음에 잠시 버퍼링이 왔다.

생각에 잠긴 나를 보며 친구는 필요한 물건과 내가 끌리는 물건은 다르다고 말했다. 일치하면 가장 좋지만 그렇지 않을 때도 많다고. 그러면서 요즘에는 쇼핑할 때도 '끌림'보다는 '필요'를 먼저 따져보게 된다고 했다.

아마도 '끌림'에 의해 구매했다가 '필요'가 충족되지 않아서 물건을 못 쓰게 되었던 경험이 다년간 쌓였기 때문이리라.

반면에 어떤 물건들은 필요가 아니라 끌림에 의해 구매했기에 오래도록 내 곁을 채워주기도 한다. 예를 들어, 여행지의 소중한 추억을 떠오르게 해주는 기념품이 그렇고, 소중한 사람에게 받은 물건이 그렇다.

쌍방향의 노력

사람의 경우도 그렇다. 단지 필요에 의해 만난 관계는 그 쓸모가 다하면 끝난다. 그러나 추억이나 호감, 가치가 매개가 된 관계는 다르다. 때로 필요에 의해 만났지만 끌림이 동반되는 경우도 있고, 반대로 매력적인 끌림으로 인해 만나다 보니 나의 필요까지 충족해 주던 사람이더라는 경우도 있다.

어쩌면 소중한 관계를 길게 유지하기 위해서는 끌림과 필요를 채우기 위한 양방향의 노력이 모두 필요하다는 뜻인지도 모르겠다. 이전에는 끌림에 의해 만남을 결정했다면, 지금은 조금 다르다. 그러기에 이전처럼 끊고 맺음이 분명하지 않고 어려워지지만, 어쩌면 이 차이를 이해하는 것에서부터 진짜 인간관계가 시작되는지도 모른다.

인생의
미니멀리스트가
된다

미니멀리스트가 되고 싶었던 적이 있다. 그건 이사한 지인의 집에 초대되어 갔다 온 다음이었는데, 살면서 그런 집을 본 것은 처음이었다. 여기가 사람 사는 집이 맞나 싶을 정도로 심플한 집이었다.

지인은 모든 물건은 필요한 개수만큼만 구입한다며, 자신의 집엔 불필요한 것이 하나도 없다고 했다. 정말로 수저나 그릇 하나도 인원수대로 딱 떨어졌고 자신의 자리가 있었다. 그렇게 하니 물건을 구입하거나 정리할 때도 큰 고민이나 시간이 들지 않고, 여러 과정이 심플해졌다고 했다.

그만큼 인생의 기회비용이 세이브 되는 거라고.

그런데 나는 맺고 끊는 게 분명한 사람은 아니다. 물건을 정리할 때도 그 물건에 담긴 의미들이 떠올라 버리기가 쉽지 않았다. 물건도 그렇지만 인간관계나 라이프 스타일도 그렇다. 그런 것들을 무 자르듯 정확히 나눌 수 있는 것은 아니지만, 때로는 내 인생의 기회비용을 위해 우선순위를 세우고 거르는 과정이 어느 정도 필요한 것 같기는 하다. 이때 중요한 기준이 되는 것은 '내 인생 전체를 보았을 때 정말 중요한가?' 하는 것이다. 그 질문을 통과한 리스트만이 '인생의 미니멀리즘' 속에서 살아남는다.

여전히 의식하지 않으면 내 안의 맥시멀리스트가 금세 자기주장을 하지만, 그럼에도 나는 오늘도 미세하게 미니멀리스트 쪽에 조금 더 가까워졌다고 위안하며 살아간다.

특별해지려고
애쓰지 않는다

엄마와 통화할 때 가장 처음 듣는 말은 "별일 없니?"다. 다정한 걱정이 담긴 그 말이 예전에는 왜 그렇게 지루하게 다가왔을까? 나는 툴툴대며 별일이 있을 것이 뭐가 있느냐며, 별일이 있었으면 좋겠냐고 핀잔을 주곤 했다. 무뚝뚝한 딸의 말에도 엄마는 한결같이 "그래, 없으면 다행이다" 하고 웃어넘겼다.

한때는 별일 없다는 말이, 아무 일 없는 평범한 인생이란 뜻 같아서 지루하게 느꼈다. 정말 인생을 즐기면서 살고 싶은데, 정작 나만 그렇게 살지 못하고 있는 것처럼 느껴져 누군지 모를 대상이 부럽고 억울하기까지 했다.

그런데 요즘에는 그 말이 다르게 다가온다. 어떤 삶도, 어떤 관계도, 그 외의 어떤 것도 영원할 수 없다는 삶의 유한성에 대해 생각하게 되면서는, 그렇게 별일 없이 지나가는 보통의 하루가 소중하게 느껴진다. 이렇게 엄마의 전화를 받을 수 있는 시간도, 아무것도 하지 않고 보낼 수 있는 주말도 말이다. 그래서 요즘에는 내가 먼저 전화를 걸어 별일 없느냐고 묻는다.

"나한테 별일 있을 게 뭐가 있니?"

그러면 돌아오는 퉁명스러운 대답이 나와 꼭 닮아서 웃음이
나온다. 이렇게 오늘도 보통의 하루를 살아가고 있음에 감사
한다.

내가 나를
안아준다

나쁜 일은 한번에 몰려온다. 그럴 때는 마음이 약해질 대로 약해져서 그런 상황을 만든 내 모습조차 보기 싫어지기도 한다. 오랫동안 준비했던 일이 갈피를 잡지 못하고 우왕좌왕하다가 완전히 엎어진 것이 바로 전날이었다. 예민했던 탓인지 오랜만에 연락이 온 친구와 날 선 대화를 하고 말았다. 감정이 잔뜩 상한 채로 메일함을 열었는데, 지난주 완벽히 끝냈다고 생각했던 일이 장문의 수정요청과 함께 메일함 제일 윗줄에 자리 잡고 있었다. 대체 내가 뭘 그렇게 잘못한 걸까, 나는 아이처럼 엉엉 울고 말았다.

나를 안아주는 시간

그런데 그렇게 감정을 해소하고 나니, 슬쩍 마음의 빗장이 열리며 생각이 다른 방향으로 흐르기 시작했다. 일에서도, 인간관계에서도, 이제는 제법 노련해졌다고 느껴지는 나이가 되었건만, 여전히 모든 것이 엉망이라고 느껴지는 순간은 있다. 하지만 그런 무력감에 무너지는 내 모습이 예전에는 약해 보여서 싫었다면, 지금은 솔직하게 감정을 드러낼 수 있는 내가 짠하면서 동시에 사랑스럽기도 하다. 그래, 남의 시선이나 세상의 평가를 받는 것도 힘든데, 적어도 내가 나에게 냉철한 비평가가 될 필요는 없지 않을까.

오늘의 나는 이런 모습일지라도, 내일의 나는 분명 툭툭 털고 일어 날 테지. 배고프다며 일어나서 밥을 먹고, 조금 회복되면 가장 먼저 친구에게 전화해서 어제 있었던 나의 행동에 대해 사과할 거다. 내일의 나는 그렇게 오늘 있었던 일을 수습하느라 바쁘겠지. 그렇게 생각하니 나에게 조금 너그러워진다.

내일의 나를 위해, 매일 애쓴 나를 위해,
오늘의 나를 좀 더 안아주기로 했다.

잘 살고 있는 건지 ——— 걱정하는 너에게

적어도 내가 나를 향한
비난의 선두에 서지는 말 것!

삶의 면역력을
키우는 중입니다

불행은 인생의 감기라는 말이 있다. 예전에는 그 말이 이해되지 않았다. 지금 당장 이렇게 힘들어 죽겠는데, 이게 고작 감기일 리 없다고!

대학 졸업을 앞두고 친구들과 다른 길을 선택한 나는 인생의 첫 번째 고비를 일찍 겪었다. 디자인을 전공한 대학 동기들의 대부분은 디자이너로 커리어를 쌓고 있었지만, 그림을 그리겠다며 호기롭게 회사를 때려 치운 나는 회사 밖으로 나오자마자 큰 질문에 부딪혔다. 그런데 어떻게 하면 프리랜서 일러스트가 될 수 있는 거지? 알려주는 사람도, 이정표도 하나 없이 그저 망망대해에 표류하는 기분이었다. 계속 회사에 다녔어야 했나? 괜히 더 돌아서 가는 것은 아닐까? 틀린 선택을 한 거면 어쩌지. 나 정말 그림으로 먹고 살 수 있을까? 외롭고 절박한 감정만이 남아서 계속 그림을 그리게 만들었다. 그 좋아하던 그림을 그리는 것도 점점 행복하지 않고, 불행하다고도 느꼈던 것 같다.

하지만 모든 것이 그렇듯 시간이 흐르면서 상황은 변했고, 바라던 대로 그림 그리는 것을 업으로 삼은 내가 남았다. 다시 돌아가라고 말하면 진저리를 칠 정도로 힘든 시기였지만, 그럼에도 잘한 선택이었다고 생각하는 건 이런 이유에서였다. 어쨌거나 그 시기는 나에게 많은 영감을 주고 인생의 자양분이 되었다. 아무것도 보이지 않던 그때에도 이렇게 버텨냈는데, 지금의 내가 하지 못할 것이 무엇이겠느냐고.

그렇기에 나는 누군가가 힘든 시기에 대한 조언을 구한다면, 굳이 힘든 상황 속에서 행복을 찾으라고 말하지 않는다. 그냥 독감에 걸렸다고 생각하고 다 낫기를 기다리라고 말한다.

감기가 낫고 나면 면역력이 생기듯 우리도 조금씩 그렇게 삶
에 대한 면역력을 키워가고 있는 것이 아닐까? 어느덧 불행은
인생의 감기라는 말이 조금은 이해되는 나이가 된 것 같다.

다른 사람에게
인생의 주도권을
주지 않는다

인터넷에서 조언과 오지랖의 차이에 관한 글을 보았다. 왜 다른 사람의 일에 조언하는 것은 어렵지 않은데, 정작 내 일이 되면 객관적으로 보이지 않는 걸까? 답은 남의 일이기 때문이다. 다른 사람은 내 인생에 책임질 것이 없으니 더 객관적으로 보고 쉽게 말할 수 있다. 때로 그 말이 맞을 때도 있지만, 그게 내가 원하는 정답은 아닐 수도 있다. 그 글은 그러니 인생의 중요한 결정일수록 다른 사람의 말은 참고만 하는 것이 좋다는 결론으로 이어졌다.

얼마 전 카페에 갔다가 비슷한 상황을 마주했다. 20대로 보이는 두 여자가 대화를 나누고 있었다. 단발머리 여자가 휴대전화 화면을 긴 머리 여자에게 보여주며, 옷을 사려고 하는데 어느 쪽이 자신에게 더 어울리겠느냐고 물었다. 두 개의 선택지를 주었으니, 둘 중 하나를 택하는 것이 일반적일 텐데, 긴 머리 여자의 답변은 주어진 선택지를 훌쩍 벗어난다.

먼저 옷의 브랜드를 묻고, 브랜드가 없는 제품이라고 하자, 자신이 이용하는 브랜드를 추천한 뒤, 하나를 사더라도 좋은 옷한 벌을 사는 게 장기적으로 이득이라는 잔소리로 이어졌다. 그 잔소리의 정점은 이 말이었다.

"그게 아니라고. 우리 나이에는 이제 좋은 옷을 입어야 한다니까!"

그게 아니라고(상대방의 말을 일단 부정하고), 우리 나이에(가능성을 한정 짓고), 좋은 옷을 입어야 한다고(자신의 가치관을 선택하길 강요한다). 무엇을 입어도 예쁠 나이에, 우리 나이에, 라니. 무엇보다 단발머리 여자의 표정이 너무 좋지 않았다.

'어휴, 고작 옷 한 벌 사는 일에 저렇게까지 할 일이야?
저건 조언을 빙자한 오지랖이지.'

잘 살고 있는 건지 ——— 걱정하는 너에게

돌이켜보면 살면서 그런 일이 수없이 많았다. 이번 경우는 겨우 옷을 사는 것에 불과했지만, 중요한 선택이나 결정을 내릴 때마다 겁을 주면서 은근히 자신의 의견을 따르길 강요하는 사람들이 있었다. 결국 책임은 내가 지게 될 텐데 타인이 결정권을 쥐려 한다니 앞뒤가 안 맞는 상황이었지만, 그때는 나를 걱정해서 그런다는 상대의 말에 단호하게 거절하진 못했다. 그리고 그것이 꽤 큰 스트레스로 다가왔다.

하지만 이제는 알 것 같다. 그건 나를 생각해서 하는 말이라기보다는 자신이 책임지지 않을 일이라서 그렇게 말할 수 있었다는 것을. 이제는 원하지도 않은 조언을 잔뜩 늘어놓는 사람이 있으면, 이렇게 말해주고 싶다.

내 인생 책임질 게 아니면, 그 오지랖 좀 넣어둘래요?

누구보다 나를 잘 아는 것은
나 자신이다.

누구보다 이 문제를 깊이 고민하는 것도
나 자신이다.

좋은 것으로 채우려면
비움이 필요하다

예전부터 나는 아무 약속도 없고 계획도 없는 주말을 좋아했다. 그런 날엔 아침부터 저녁까지 소파와 한 몸이 되어 밀렸던 TV 프로그램을 보거나, 좋아하는 영화나 드라마를 몇 번이고 돌려보곤 했다. 그날도 여느 주말과 다름없이 커다란 과자 봉지를 끌어안고 소파에 누워 있는데 왠지 모르게 등골이 서늘해졌다. 며칠 자고 간다던 동생이 한심하다는 얼굴로 내려다보고 있었다.

"이 좋은 주말에! 시간 아깝지도 않아? 그렇게 할 일이 없으면 청소라도 좀 하지?"

나는 잠시 이 불쌍한 중생을 어떻게 설득해야 할지 고민했다.

"내가 지금 아무것도 안 하는 것처럼 보이지? 맞아. 지금 나는 아무것도 하지 않는 일을 하고 있는 거야."

그 결과는 그게 무슨 헛소리냐는 듯한 동생의 싸늘한 눈빛이었지만. 질 수 없다는 듯 나도 같이 혀를 끌끌 차며 안쓰럽게 바라봐 줬다. 그런 인생의 중요한 진리도 모르다니! 그날은 우스갯소리처럼 넘어갔지만, 나중에 어떤 책에서 우연히 그와 비슷한 문장을 봤다. 아무것도 하지 않는 순간에도 당신의 마음은 일하고 있다고. 오히려 아무것도 하지 않음으로써 마음이 일할 수 있는 시간을 주는 거라고 말이다.

우리는 평소 몸과 뇌를 통해 일을 하기 때문에 마음에 집중할 만한 시간이 없다. 내가 어떤 것을 좋아하고 어떤 것에 마음이 움직이는지 알려면 이런 여유 시간이 필요하다. 새로운 것을 채우기 위한 빈 공간, 나는 그 시간을 그렇게 부르기도 했다.

불행 배틀에
심취하지 않는다

남의 떡이 커 보인다는 말이 있다. 먹고 사는 게 다 거기서 거기라는 것은 알지만, 괜히 남의 회사나 직업은 편하고 좋아 보이기 마련이다. 오랜만에 친구들과 만나면 우리는 서로를 부러워하기 바쁘다. 좋아하는 일로 돈까지 벌 수 있으니 얼마나 좋니? 원하는 만큼 일하고, 일하는 만큼 벌잖아. 하지만 그건 프리랜서의 실상을 잘 몰라서 하는 소리다.

"일하는 만큼 번다라…… 프리랜서에게 그 말만큼 무서운 게 없지."

"매달 월급(고정수입)이 나오니 얼마나 좋으니?
  나는 말이지……"

"좋아하는 일을 하고 돈도 버니 좋겠다.
나는 말이지……"

회사에 출근하면 내가 일하지 않는 시간이 즉각적으로 월급으로 치환되지 않지만, 프리랜서는 일하는 시간과 월급이 정확히 일대일로 치환된다. 즉, 일하지 않을 때의 나는 그야말로 백수다! 그러나 거기에서 "하지만 나는……"이라는 말이 나오기 시작하면, 그때부터는 누가누가 더 안 좋은지 불행 배틀이 시작된다. 그러다가 결국 웃음으로 마무리되지만.

"그래, 나는 운이 좋게 좋아하는 일로 돈도 벌고 있지."
"그래, 어쨌거나 나도 매달 월급날이 되면 기분이 좋아."

그러다 보면 세상에는 좋기만 한 것도, 나쁘기만 한 것도 없다는 결론으로 귀결된다. 어느 쪽이든 다 장단점이 있는 게 아니겠어? 모든 것에는 동전의 앞면과 뒷면이 있다.

삶의 모습도, 직업도, 나이도 마찬가지다. 하지만 그 이면을 바라보지 못하고 눈에 보이는 것들만 좇으면 금세 마음속은 지옥이 된다. 누군가 그러지 않았나. 겉으로 드러난 모습만 보고 남과 나를 비교하는 것은, 내 인생의 비하인드와 남의 인생의 하이라이트를 비교하는 것이라고.

나는 왜?…… 왜 나만…… 그렇게 보이는 모습으로 비교하다 보면, 자연스럽게 불행 배틀에 심취하게 되고, 더 깊숙이 발을 담그게 된다. 이제는 그런 불행 배틀에서 벗어나 인생의 하이트라이트만이 아닌 비하인드도 볼 줄 아는 사람이 되고 싶다.

싫은 사람을
좋아하려는 노력을
그만둔다

언제부턴가 오래 알고 지낸 지인 A의 말투가 거슬리기 시작했
다. 나에 대한 배려가 느껴지지 않는, 툭툭 내뱉는 말투와 태도
에 상처받았지만, 오랫동안 그 얘기를 꺼내지 못했다.

상처받은 내 모습을 들키고 싶지 않아서, 섣부르게 말했다가 사이가 틀어지는 것은 아닐까, A에게 부정적인 감정을 느끼는 나를 스스로 다그쳤다. 그러다 보니 A를 피하게 되었고, A는 그런 나를 서운하게 생각하는 눈치였다. 이런 줄다리기가 나에게는 또 다른 스트레스였다. 힘겨운 관계를 유지하기 위해 계속 줄을 잡고 있어야 한다는 것 자체가 힘들었다.

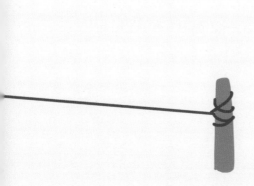

원래는 좋았던 관계도 나의 상황이나 입장에 따라 자연스럽게 달라질 수 있다. 특히, 학창시절 같은 반이라는 한정된 공간에서 만났던 친구들을 오랜 시간이 흘러 다시 만나면 잘 맞지 않거나 어색하다고 느끼는 경우가 많다.

그때는 참 재미있었는데 왜 이렇게 안 맞지 싶을 때는 본질을 바라봐야 한다. 나라는 사람의 본질이 갑자기 변했을 리 없으니, 나의 상황이나 가치관, 입장이 바뀐 거다. 그래서 그 사람과 맞지 않다는 것을 그제야 깨닫게 되었을 수도 있고, 그로 인해 관계가 불편하게 느껴질 수도 있다.

단지 오래된 관계라는 이유로 이미 끝난 관계에 미련을 가지며 오랫동안 끌어왔는지도 모른다. 하지만 이 만남이 더 이상 즐겁지 않고 괴롭기만 하다면, 그 사람에게서 나에 대한 배려가 느껴지지 않는다면, 이제 그 관계는 끝내야 할 때가 아닐까?

그때 참 좋았는데, 이 말이 가진 힘은 꽤 크다. 이 관계를 내가 잘라내야 한다는 것에 심적으로 거부감이 느껴질 때도 있다. 그럴 때는 좋아하려는 노력을 그만두는 것에서 시작한다. 그냥, 일단은 이 관계의 줄다리기에서 내가 먼저 손을 놓아버리는 것이다.

나의 중심을
나에게 둔다

빗소리에 창문을 열었는데, 흙냄새가 가득한 걸 보니 어엿한 봄이다. 이런 풍경을 마주할 때마다 떠오르는 기억이 있다. 늘 반듯한 자세로 사람은 결국 흙으로 돌아가기에 초심을 잃으면 안 된다며 몇 번이고 같은 글씨를 쓰시던 나의 할아버지. 그 반듯한 자세처럼 종이 위에 쓰여 있던 '흙'이라는 글씨에 대한 기억이다. 할아버지의 글씨에서는 늘 흙냄새가 났다.

몇 년 전 장례가 끝난 뒤 할아버지의 물건을 정리하던 때였다. 빛 바란 화선지에서 흙이라는 글씨를 다시 마주한 것도 바로 그때였다.

초등학교 선생님이시던 할아버지는 내가 놀러 가면 연필을 잡고 글씨 쓰는 법을 가르쳐주셨는데, 이렇게 비가 오는 날에는 특별수업으로 먹물을 갈아 붓글씨 쓰기도 했다. 나는 글씨를 쓰며 할아버지의 뜰에 피어 있는 이름 모를 들꽃들을 바라보기도 했고, 비가 내리면 그 뜰에서 나는 흙냄새를 맡으며 자랐다. 빗소리를 들으며 붓글씨를 쓰는 것이 어린 마음에도 제법 운치 있게 느껴졌다. 어느 날 할아버지가 글씨 쓰는 것을 관찰하고 있는데, 같은 글씨를 반복해서 쓴다는 것을 발견했다. '흙'이라는 글씨였다. 왜 같은 글씨만 쓰는 거냐는 어린 손녀의 질문에 할아버지는 이렇게 답했다.

"사람은 결국 흙으로 돌아간단다. 그러니 늘 초심을 잃지 말고 중심을 잡고 살아야 한다."

아직 그 뜻을 이해하기 어려웠던 어린 날의 나는, 그럼에도 소중하게 그 말을 마음속에 담아두었다. 그리고 내 삶이 고되다고 느껴질 때마다, 인생의 어려운 결정을 앞두고 있을 때마다 마음속에서 꺼내보았다.

무엇을 선택하든
후회 없는 선택을 하자고 결심한 것은
그런 이유다.

무엇을 선택하든 결론이 흙으로 돌아가는 것이라면, 차라리 좋아하는 것을 하고 후회하지 않을 결정을 하자고 마음먹은 것도 그런 이유다.

이제 할아버지는 내 곁에 없고, 남겨진 것은 할아버지가 남긴 그 말뿐이지만, 마음속에서 흙이라는 글씨를 꺼내볼 때마다 나는 할아버지가 곁에 있다고 느낀다. 내가 주저앉아 있을 때마다 어린 시절 손에 붓을 쥐여주며 '중심을 잡고 살라'고 말하던 할아버지가 다가와 나를 일으켜준다. 다시 시작하면 된다고 다정하게 말해준다.

웃는 얼굴로
인사한다

'좋은 하루 보내세요!'

어쩐지 별 거 아닌 인사말이 밝은 미소와 어우러져 나까지 기분이 좋아지던 날이었다. 어쩌면 그 사람은 입버릇처럼 하는, 특별한 의미 없는 맺음말에 불과할지도 모르겠지만, 그 인사 한 마디에 마음이 따뜻해졌다. 일상에서 사람을 만날 때마다 하는 것이 인사라면, 그 만남의 시작을 기분 좋게 만드는 것도 인사다.

인사하는 사람의 표정이 밝으면 나도 모르게 따라 웃게 된다. 짧지만 밝은 인사가 주는 긍정적인 경험을 한 뒤로는, 내가 오늘 어떤 고민거리를 안고 있던 인사하는 순간만큼은 내가 할 수 있는 한 가장 밝은 기운을 담으려고 노력한다. 그러면 그런 긍정적인 마음은 99퍼센트의 확률로 나에게 돌아온다. 그게 상대방의 호의가 되었든, 긍정적인 전환이 되었든 말이다.

당신의 오늘이 정말 좋은 하루가 되기를 바라며,
또 어떤 하루였더라도 오늘의 끝에는 나도 그러기를 바라며.

내가 선택한 것이
내가 된다

언제부터인가 내가 입는 옷이 한정적이라는 것을 깨달았다. 여전히 옷장이 꽉 차 있는 것을 보니 옷을 덜 산 건 아니지만, 그 앞에서 오래 고민해봤자 결론은 늘 비슷하다. 요즘 손이 가는 것은 유니폼처럼 편하게 입는 바지와 티셔츠 몇 벌이 전부다.

예전에는 새로운 스타일의 옷을 찾아 입고 시행착오도 겪으며, 바닥에 옷 무덤을 만들기 일쑤였는데, 저렇게 많은 선택지 속에서 별다른 고민도 없이 딱 맞는 옷을 쑥쑥 골라내게 되니, 왠지 미묘한 감정이 든다.

나이를 먹을수록 인간관계도 옷장과 비슷해지는 걸까. 될 수 있으면 많은 사람들과 다양한 관계를 맺으며 살아왔던 내가 요즘에는 몇몇 편안한 사람들과의 만남을 선호하게 되었다. 휴대폰의 전화번호 목록에는 여전히 수많은 이름들이 저장되어 있지만, 고민 없이 통화 버튼을 누르는 사람은 한정되어 있다는 말이다.

시행착오를 거치며 나에게 맞는 스타일의 옷을 찾아가듯, 나에게 맞는 사람을 찾고 알아가는 설렘과 즐거움은 줄어들었을지라도, 맞춤옷처럼 편안한 관계만 남은 것은 어쩌면 내게 어떤 것이 잘 맞는지 알게 된 덕분인지도 모른다.

그렇게 생각하니 아수라장 같은 옷장 속에서도 나만의 규칙을 가지고 옷을 분류하고 고를 수 있게 된 나의 모습이 대견하게 느껴진다. 여전히 살아가면서 수많은 선택지가 있겠지만 나는 나에게 맞는 선택을 해나가는 중이라고 생각하기로 했다.

잘 살고 있는 건지 ——— 걱정하는 너에게

인생의 플랜B는
남겨둔다

인생은 계획대로 되지 않는 것,

삶이 계획대로 풀리지 않을 때를 대비한

인생의 플랜 b를 세우는 노련함이 생겼다.

가끔 행복에 대해
고민한다

눈을 떠 보니 시계가 12시 15분을 가리키고 있다. 시계바늘 두 개가 작은 파이모양을 연상시킨다. 고작 12시가 조금 지났을 뿐인데 바깥에서 활기찬 소리가 들려오는데, 이불 안은 아직도 이른 아침이다.

겨울은 해가 짧으니까, 순식간에 하루가 끝난다는 것은 알지만, 왠지 일어나고 싶지 않다. 이불 안의 온기 속에 잠시 더 머물며 바깥에서 들려오는 소리에 귀를 기울인다. 놀이터의 아이들이 뛰어노는 소리, 새가 지저귀는 소리, 윗집 사람의 슬리퍼 끄는 소리, 어디선가 흘러나오는 텔레비전 소리 등을 듣다가 문득 향긋한 커피 한 잔이 간절해진다. 생각만 했을 뿐인데 벌써 코끝에 고소한 커피 향기가 머무는 것 같다.

이제 일어나서 머리에 새 둥지를 만든 채 늦은 아침을 먹고 하루를 시작하겠지. 식사 후에는 커피를 내리고 잠시 소파에 앉아 흘러가는 바깥 풍경을 가만가만 바라보다가, 청소하고, 세탁기를 돌려야겠다. 굳이 계획하지 않아도 늘 반복되는 주말의 루틴이 머릿속에 그려지면, 이런 느긋한 주말을 즐길 수 있는 것도 나름의 행복이라는 생각을 한다.

예전의 나는 소란한 소리를 찾아 헤맸다. 비슷한 가치를 추구하는 사람들을 만났고, 그러다 보니 언제나 밝고 경쾌한 소리가 나는 곳을 찾아다녔다. 그리고 그 소리를 행복의 척도로 삼았던 적도 있었다. 그 요란한 행복이 나는 즐거움의 정도라고 생각했다. 그래서 혼자일 때 외롭고 불안했다. 조용함이 견디기 힘들어 늘 시끌벅적한 곳을 찾아다녔고, 나와 반대 성향인 사람들과 있을 땐 분위기를 주도하며 활기차게 만들었다. 어쩌면 조용함에 대한 강박이 있었던 것 같다.

그런데 지금은 나의 상황이나 가치관이 달라진 것일 수도 있지만, 세상에는 여러 종류의 행복이 있다는 것을 알게 되었다. 예컨대 오늘 주말 아침 같은, 고요하고 일상적인 행복 말이다. 지금의 나는 굳이 여러 사람 틈 사이에서 많은 대화를 나누지 않아도, 그저 같은 공간에 있을 뿐인데도 편안하다 느끼는 만남이 좋아졌다. 아무 약속 없는 주말에는 책장의 페이지가 넘어가는 규칙적인 소리, 주전자에서 물이 끓어오르는 잔잔한 소리에서도 편안함을 얻게 되었다.

이제 일어나야겠다.
나의 가장 가까이에 있을,
작지만 소란스러운 소리를 들으러.

2장

함께 살아가기 위해
알아야 할 것들

외로움과
친구가 된다

한동안 나를 분주하게 만들었던 일이 끝났다. 최종 결과물을 메일로 전송하고 나니 힘이 쭉 빠졌다. 잔뜩 긴장했던 어깨를 두드리며 커피를 내려왔다. 의자에 웅크리고 앉아 홀짝홀짝 마시며 주변을 돌아보니, 지난 한 달간의 흔적이 곳곳에 남아 있었다.

'드디어 다 끝났어!'

이 후련함을 누군가에게 털어놓고 싶었지만, 그럴 수 없다는 사실에 잠시 외로워지기도 했다. 이 외로움은 단순히 혼자 있다는 상황에서 오는 것은 아니었다. 오랫동안 프리랜서로 혼자 일하고, 고민하고, 결정하는 상황 속에서 차곡차곡 쌓여 만들어진 일종의 벽 같은 거였다.

작업실을 공유해 볼까 생각한 적도 있었지만 금세 포기했다. 이 감정은 단순히 인간관계를 더 많이 맺는다고 해서 해결되는 것이 아님을 깨달은 것이다. 혼자 모든 것을 해결해야 하는 상황 속에서, 돌보지 못한 나의 감정들이 막다른 벽에 부딪혀 내가 나를 외롭게 만들고 있었다. 어쩌면 외로움이란, 내 안의 감정이 자신을 돌아봐달라고 말하는 일종의 경고음 아닐까?

그래서 이제는 외롭다는 생각이 들 때,
나와 대화하는 시간이 부족했다는 뜻이라 생각하고,
나의 마음을 들여다보는 시간을 갖는다.

외롭다는 생각이 드는 시간, 지금 나는……

나와 대화하는 중

인생의 쓴 맛은
원샷한다

같은 원두도

어떤 날은 쓰고

어떤 날은 고소하고

어떤 날은 달달하게 느껴지기 마련.

하루가 에스프레소 같이 쓰기만 한 날,

오늘의 에스프레소는 원샷해버리고,

내일은 부디 내게 달달한 바닐라 라떼 같은

하루가 주어지기를 바라본다.

잘 살고 있는 건지 ——— 걱정하는 너에게

매일에 대한
기대감을
가지고 산다

경복궁역에서 출판사 편집자와 미팅하던 날이었다. 직전 만남에서 내가 요즘 유행하는 한옥 카페에 가고 싶다고 얘기했던 것을 잊지 않고, 한옥 카페를 미팅 장소로 정한 덕분에 아침부터 설레기 시작했다. 경복궁역에서 내려 한옥 카페까지 가는 고즈넉한 길이 일하러 가는 길 같지 않고 꼭 산책 나온 것처럼 즐겁게만 느껴졌다.

"오는 길에 낙엽이 다 떨어졌더라고요. 이제 곧 겨울이 올 것 같지 않아요?"

날씨 얘기에서 시작된 화제는 오늘 길에 느꼈던 가을 냄새, 돌담길을 따라 떨어져 있던 낙엽들에 대한 이야기로 번져나갔다. 문득 가을이 너무 짧은 것 같다는 아쉬움을 토로했는데, 의외의 대답이 돌아왔다.

"저는 가을도 좋지만, 겨울도 기대돼요. 추운 겨울에 따뜻한 코트를 입고 있으면 마음마저 따뜻해지는 기분이 들어요."

내가 지나가 버릴 것들은 아쉬워할 때, 누군가는 다가올 것을 기다리며 설레고 있었다. 여행을 가장 좋아하는 나라 중 하나라는 한국인들에게는 이런 말이 있다. 여행은 떠나기 전, 떠난 후, 다시 돌아온 다음, 3단계가 있는데 떠나기 전이 제일 설렌다고 말이다.

막상 도착하고 보니 별것 아닌 풍경이었더라도, 그것을 기대하는 삶과 그렇지 않은 삶은 얼마나 다를까? 우리 인생도 여행이라면 매일 다가올 것들을 기다리며, 그 안에서 의미를 찾으며 사는 사람은 얼마나 더 행복해질 수 있을까?

플라시보 효과라는 말도 있지 않나. 앞으로 다가올 미래가 즐거운 일로 가득 차 있을 거라는 믿음이 실제로 인생을 행복하게 만들기도 하니 말이다.

이러한 기대의 힘을 알게 된 다음부터, 지날 것들을 아쉬워하기보다는, 이 순간 내가 좋아하는 것들을 누리고, 기대하며 살아야겠다고 결심했다.

있어야 할 곳을
안다

평소 커피를 직접 내려 마시는 것을 좋아하지만, 이따금 맛있는 커피가 먹고 싶을 때마다 가는 카페가 있다. 머리가 희끗희끗한 할아버지가 운영하는 곳인데 익숙한 동작으로 커피를 내리는 모습을 보면 자부심이 깃들어 있는 것이 느껴진다. 특별한 대화를 나누는 것도 아닌데 커피를 전하는 손길에서 특유의 따뜻함이 느껴진다.

별다른 대화 없이 공간을 채우는 음악소리와 향긋한 커피 향기, 커피를 내리는 절도 있는 동작까지, 마치 명화의 한 장면처럼 느긋하고 고풍스러워 보인다. 자기를 어필하고 빠르게 변화해야만 도태되지 않는다고 주장하는 시대에 이곳에만 다른 시간이 흐르는 것 같다.

사실 우리는 누구나가 자신의 자리에 있다고 생각하지만, 정말 자신이 있어야 할 곳을 아는 사람은 많지 않다. 상황에 떠밀려서, 어쩌면 내가 원하는 것을 알지 못해서, 내 자리가 아닌 곳에 가시방석처럼 불편한 자세로 앉아 있는지도 모르겠다. 하지만 어디서든 자신에게 꼭 맞는 자리를 찾아가는 사람들도 있다. 확신을 가지고 묵묵하게 한 자리를 지킨다는 것이 얼마나 힘든 것인지 알게 된 다음부터는 이런 사람들을 보면 대단하다는 생각이 든다.

오래된 것들이 주는 편안함

요즘에도 그 당시에 선뜻 프리랜서의 길을 선택한다는 게 쉽지 않았을 텐데, 어떻게 확신을 가질 수 있었느냐고, 종종 이런 질문을 듣는다. 예전에는 그 질문에 대답하는 것이 쉽지 않았는데 이제는 알 것 같다.

내가 있어야 할 곳을 만드는 것은 결국 나 자신이 아닐까? 내
선택을 옳은 선택으로 만드는 것 또한 나 자신이다. 물론, 선택
이 틀렸다는 생각이 든다면 더 늦기 전에 과감한 결단도 필요
하다.

슬플 때는 슬픔에
깊이 잠긴다

예전에는 죽음에 대해 깊이 생각한 적이 없다.

죽음이 나와 멀리 떨어져 있다고 생각했기 때문이다.

그러나 요즘에는 장례식장에 가거나 주변의 죽음을

일상에서, 기사에서, 마주할 때마다 멈칫하고는 한다.

이토록 흔한 게 죽음이라면

왜 우리는 죽음에 대해서는 얘기하지 않는 걸까?

어른이 되어도 여전히 익숙해지지 않는 것은

누군가와의 이별이다.

'죽음'은 바로 '영원한 이별'을 의미한다.

그렇기 때문에 이 문제는 영원한 숙제다.

하지만 20대에서 30대를 지나오면서 바뀐 것이 있다.

예전에는 슬픔을 온전히 받아들이는 것조차 버거워했다면

지금은 삶과 죽음의 의미에 대해 생각하게 되었다.

그 사람은 어떤 사람이고, 나에게 어떤 의미를 주었고

그래서 나는 그 사람이 준 애정에 어떻게 보답하며

살아가야 하는지, 슬픔을 내재화하고 의미를 통해

슬픔을 안고 살아가는 방법을 알게 되었다.

심리학자 프로이트는 상실의 아픔을 겪었을 때

충분한 애도가 건강한 방식으로 슬픔을 이겨내는

방법이라고 말한다.

죽음에 대해 얘기하고

당연하게 느낄 수밖에 없는 슬픔을 공유할 것.

떠난 이에 대한 애착에서 벗어나 의미든, 사람이든,

새로운 애착의 대상을 찾을 것.

물론 여전히 죽음이나 이별은 갑작스럽지만,

이제는 죽음에 대해 생각하고

나의 슬픔을 온전히 표현하고 받아들이는

연습이 필요하다는 생각이 든다.

꽃도 사람도
다 때가 있다

작업실에 앉아 그림 하나를 완성하고 문득 고개를 들어 창밖을 보니 벚꽃이 휘날린다. 벚꽃 개화 시기에도 나는 작업실에 앉아 있었고, 달력의 날짜를 세어보니 아무래도 벚꽃이 다 질 때까지도 작업실을 벗어나지 못할 운명인 것 같다. 괜히 우울해지려는 찰나 제주도 여행이 한창이라던 어머니에게서 전화가 왔다. 들뜬 목소리로 한참 이야기를 하더니 온종일 작업실에만 있다는 며느리의 대답에 미안한 기색이다.

"내가 괜히 들떠서 이런 이야기를 한 건 아닌지 모르겠다. 그런데 생각해 보면 우리도 이 나이가 되어서야 여유 시간이 생

겨서 이렇게 여행까지 왔지. 나도 네 나이 때는 아이 키우느라 정신이 없었고, 아버지도 매일 밤늦게까지 일하느라 얼굴 보기도 힘들었단다. 지금이 한창 일할 때니 어쩌면 당연한 건지도 몰라."

그 말에 나는 고개를 끄덕였다.

"일하는 것도, 노는 것도 다 때가 있다잖아. 내가 그러지 못해서 그런지, 너희처럼 자기 일을 열심히 하며 사는 것도 인생을 잘 즐기면서 사는 것 같다는 생각이 들어."

주변을 보면 다들 꽃구경을 가고 인생을 즐기며 사는 데 나만 그렇지 못한 것 같아 마음이 붕 뜬 상태였는데, 그 말을 들으니 정신이 드는 느낌이었다. 왜 꼭 '인생을 즐기는 것=쉼'이라고 생각했을까? 물론 어느 정도의 '쉼'은 필요하지만, 무엇을 할 때 가장 보람차고 나다운지 생각해 보면 역시 '그림을 그리는 내 모습'이 떠오른다. 또, 오랜 갈증 뒤의 물이 더 단 것처럼, 열심히 일한 다음의 쉼은 더 달지 않을까? 물론, 사람마다 나다운 모습이라는 것은 다르겠지만 말이다.

커피 한 잔을 사서 잠시 작업실 앞 벚꽃 길을 걸으며 머리를 식힌 뒤, 얼른 다시 일을 해야겠다는 생각을 한다.

모든 것에는 때가 있다.
그러니 지금 이 순간 나에게 주어진 것들을
놓치지 않으며 살아가고 싶다.

인간관계,
좁지만 깊어진다

결혼하면 인간관계가 정리된다는 얘기를 들은 적이 있다.

"결혼할 때가 되면 청첩장을 돌리며

내 마음에서 1차로 정리가 되고,

결혼식이 끝나고 나면 2차로 정리가 될 거야."

결혼한 선배들 사이에서 인간관계의 진리처럼 떠도는

그 말을 들으며 겉으로는 고개를 끄덕이면서도

정말 그렇게 크게 달라지는 것이 있을까

의문을 가졌던 것 같다.

20대에는 인간관계가 넓으면 넓을수록 좋다고 생각했다.

나와 맞지 않거나 상대가 나를 좋아하지 않아도

억지로 맞춰 관계를 유지하려 했다.

하지만 지금은 생각이 바뀌었다.

단순히 친하고, 친하지 않고로 구분하는 것이 아니라,

내 시간을 더 가치 있게 하는 만남을 하고 싶다.

그 과정에서 나는 어떤 사람인가에 대해 고민하게 되었다.

나 또한 다른 사람이 귀중한 시간을 내어줄 정도로

가치 있는 사람일까?

그것이 편안함이든, 위로든, 동기부여든 말이다.

그렇게 몇몇 관계는 자연스레 정리되었다.

나에게 주어진 시간이 한정적이며,

앞으로 맺어갈 인연까지 포함한 그 수많은 관계들을

모두 끌어안고 살아갈 수는 없다는 것을 깨닫게 된 것이다.

그러기는 하나의 관계가 우리에게 주는 무게감이 크다.

어쨌거나 그런 얕은 관계는 의식하지 않아도

나의 상황이 바뀌거나 생각이 바뀌면 언젠가는 끝난다.

그러니 언젠가 끝날 관계에 연연하며

억지로 맞추고 전전긍긍하지 말고,

곁에 있는 사람들에게 더 많은 에너지를 쏟는 것은 어떨까.

부모님과
인간 대 인간으로
마주한다

작업실에 작은 화분 하나를 들여놓았다.

화분 하나만 놓았는데도 삭막했던 분위기가

한결 부드러워진 느낌이다.

해가 좋은 날엔 창문을 활짝 열어 빛도 쬐게 하고,

이따금 잎에 쌓인 먼지도 닦아주고 흙이 마르면

물도 꼼꼼히 줬다.

그런데 그렇게 화분과 함께할수록 묘한 위안을 얻었다.

돌볼 대상이 있다는 것만으로도 사뭇 마음이 따뜻해진다.

일로 가득 차 있던 삭막한 작업실 한쪽에

자그마한 나만의 일상이 자리 잡은 기분이었다.

정성껏 잎을 닦아주며 최근 내 머릿속을

복잡하게 만든 일에 대해 털어놓기도 하고,

마음이 버거울 때는 그저 보고만 있어도,

머리가 조금 식는 것 같기도 했다.

그러다가 문득 화분 기르는 것을

유난히 좋아하는 아빠가 떠올랐다.

아빠도 집 베란다에 여러 화분들을

죽 늘어놓고 정성껏 돌보는 걸 좋아한다.

어쩌면 아빠도 이 작은 식물에게서

위안을 얻고 있었던 걸까?

인생이 버거운 것은 어쩌면 아빠라고,

다를 것은 없었을 거라는 생각이 들었다.

그럼에도 불구하고 내가 그동안 아빠에게서

능숙한 어른의 모습만을 보아왔던 것은

부모라는 역할로 바라봐왔기 때문이 아닐까?

이제 어린 시절 부모님의 나이가 된 지금,

아빠와 엄마, 부모와 자식이라는 역할을 벗고

인간 대 인간으로 다가가 봐야겠다는 생각을 한다.

잘 살고 있는 건지 ——— 걱정하는 너에게

가볍게
산다

그때 더 잘할 수 있었는데, 그때 이렇게 했어야 하는데,

이런 아쉬움들은 어제의 나를 보내지 못하게 만든다.

대신 어쨌든 그때는 그게 최선이었고,

그로 인해 오늘의 나는 어제보다 조금 더

나아갔다고 생각하면 어떨까?

어떤 학자는 후회하지 않는 삶이란 없으며,

후회가 우리를 성장하게 만든다고도 말했지만,

지나친 후회와 자책은 우리의 발목을 붙잡고

앞으로 나아가지 못하게 한다.

하지만 발걸음을 무겁게 하는 생각들을 내려놓을 때

우리는 더 멀리 갈 수 있는지도 모른다.

이제 아쉬운 어제와는 안녕을 고하고

그냥 조금 더 가볍게 살기로 했다.

Goodbye —.

개인의 취향은
존중한다

예전에 인터넷에서 민초파 논란이 뜨거웠던 적이 있다. 그럴 만도 한 게 나는 아무리 생각해도 민트초코가 치약처럼 느껴지는데, 의외로 민트초코의 시원하고 상쾌한 맛을 좋아한다는 의견이 많아서 놀라웠다. 관련된 글이 올라오면 수많은 댓글이 달렸고, 유명인들까지 한마디씩 거들기 시작하면서, 몇몇 연예인들의 민초파 발언들은 기사로까지 났다. 오죽하면 '인간은 민초파와 민초파가 아닌 사람으로 나뉜다'는 우스갯소리까지 등장했을까. 처음에는 '이게 이럴 일인가?' 싶었는데, 나중에는 취향의 문제에 대해서 생각해 보는 계기가 되었다.

사전에 따르면 취향이란, 하고 싶은 마음이 생기는 방향 또는 그런 경향을 말한다.

그런데 요즘에는 SNS 등에 취향을 공유하는 사람들이 많은 것 같다. 예를 들어 맛집을 발견하면 친구나 지인에게 링크를 공유하고, 좋은 경치를 보면 사진으로 남겨 보여주는 것처럼, 누구에게나 내가 좋아하는 것들을 공유하고자 하는 욕구가 있다. 내가 좋아하고 가깝게 느끼는 사람일수록 더 그렇다. 하지만 늘 그렇듯 의도는 좋을지라도 지나치면 강요가 된다. 그러다가 오해가 생겨 서로 감정이 상하기도 한다.

사람마다 취향이 다르다는 걸 머리로는 알면서도 나도 모르게 거듭 권하게 될 때가 있다. 반대로 내 취향이 전혀 아닌데 반복되는 권유에 못 이겨 나도 모르게 선택하고 후회할 때도 있다. 그러한 여러 번의 경험이 쌓여, 나도 이제는 애써 입맛에 맞지 않는 민트초코 음료는 누가 권할지라도 주문하지 않는다.

저는 민초파가 아닙니다

꿈보다는 어떻게
살 것인가를 얘기한다

어린 시절 학기가 시작되면 돌아오는 단골질문이 있었다.

'꿈이 뭐예요? 뭐가 되고 싶어요?'

그때의 나는 그림 그리는 것을 좋아하는 마음을 뭉뚱그려

'화가'가 되고 싶다고 말했던 것 같다.

정말로 그렇게 되고 싶은지, 어떤 화가가 되고 싶은지는

확신하지 못한 채 말이다.

선생님도 왜 '화가'가 되고 싶다고 생각했는지,

어떤 그림을 그리고 싶은지에 대해서는 묻지 않았다.

하지만 그림을 그리는 것에도 여러 길이 있다.

순수미술을 하는 사람부터 디자이너, 일러스트레이터 등

그 안에서도 여러 갈래의 방향으로 나뉜다.

과정이야 어찌 되었든 결론적으로 내 꿈은 이루어졌다.

미대 입시에 성공했고, 우여곡절 끝에

지금은 일러스트레이터가 되어 돈을 벌고 있다.

꿈을 이뤘는데 나는 그게 만족스럽지만은 않다.

일러스트레이터가 된 나는

다시 내가 무엇이 될지 고민해야 했다.

괴로웠다.

무엇이 되고 난 다음의 목표에 대해서 생각해 본 적이 없었다.

내가 괴로웠던 이유는 내 목표가

'어떤 그림을 그리고 싶다' '어떤 화가가 되고 싶다'는

것이 아닌 단지 '화가가 되는 것'이었기 때문이다.

그래서 이제 나는 '무엇'이 되는 것보다는

'어떻게' 되는 것이 좋을지에 대해 생각하게 되었다.

어떤 사람이 되고 싶고 앞으로 어떤 그림을 그리고
어떤 이야기로 내 인생을 그려가고 싶은지에 대해 고민한다.
그렇게 할 수 있을 때 진심으로
꿈을 이룬 순간을 즐길 수 있지 않을까?

3장

시간을 내 편으로 만들기 위해
알아야 할 것들

지금의 내가
더 좋다

과거로 돌아가서 미래를 바꾸는 식의 콘텐츠들이 유행이다.

예능프로그램에서도 이런 질문은 단골 소재다.

"과거로 돌아갈 수 있다면 무엇을 바꾸고 싶으세요?"

배우자부터 진로를 바꾼다거나

여행을 자주 다닐 것이라는 얘기,

충분히 순간을 누릴 것이라는 등 다양한 대답이 나온다.

하지만 이 질문을 뒤집어서 생각해 보면

'지금의 나는 어떤가'에 생각이 미친다.

지금의 나는 여전히 어설프고,

어린 시절 꿈꿨던 완벽하고 멋진 사람도 아니지만

지금의 내가 더 좋다

오히려 부족하기 때문에 누군가를 필요로 하게 되고

또 누군가와 어우러져 살아가는 것이 아닐까 싶다.

지금까지 나의 선택이 완벽하기만 했다면

그리고 내가 완벽한 사람이라면,

지금의 내 곁에는 다른 사람들로 채워져 있을 것이고

나 또한 다른 모습이었을지 모른다.

그래서 나는 지금 그대로의 내 모습이 좋다.

곁엔 내가 너무나 좋아하는 사람들이 있고,

아직은 미완성형이지만 인생을 적당히 즐기면서

내가 좋아하는 것을 찾아가는 과정 중에 있는

지금의 내 모습이.

그렇기에 과거로 돌아갈 수 있다면 무엇을 바꾸고 싶으냐는

질문에 대한 내 대답은 '돌아가고 싶지 않다'이다.

살아오는 순간순간마다 그때 이렇게 했으면

더 좋았을 텐데 싶은 순간도 있지만

결국엔 지금의 내가 그때의 나보다

꼭 더 잘 해낼 수 있을 거라는 확신이 들지 않는다.

잘 살고 있는 건지 ──── 걱정하는 너에게

지금의 나도 결국엔 완벽하지 않은 존재이기에

그런 조금은 부족한 선택의 순간이 쌓여 만들어진

지금의 내 모습을 귀엽고 사랑스럽게 볼 줄 알게 되었다.

비록 꿈꾸던 근사한 모습은 아니지만

지금의 나로도 충분히 괜찮다.

아니, 오히려 더 좋다!

어설프고 부족한 나, 완벽하지 않은 지금의 나를,

그리고 앞으로 내가 만들어 갈 나를

응원하고 좋아해주기로 했다.

어쩔 수 없을 때는
내버려둔다

오래전 중국 오나라의 《손자병법》에 의하면 싸우지 않고 적을 물리치는 것이 가장 상급의 전술이라고 했다. 온 힘을 다해 싸워서 이기더라도 아군의 피해가 크면 지는 것만 못한 결과라는 이야기다. 더구나 그게 적이 아닌 내 인생이라면, 최선을 다하지 않고도 최선의 결과를 내는 것이 가장 최선 아닐까?

예전에는 좋지 않은 일이 생길 때마다 어떻게든 해결방법을 찾아내려고 아등바등 했다. 링 위에 선 선수처럼 최선을 다해 나를 힘겹게 하는 인생의 시련과 골칫거리들을 싸워 이기려 했다. 그게 정답처럼 느껴졌고, 많은 사람들이 '시련은 이겨내는 것'이라고 말하고 있었다. 하지만 그렇게 해서 해결될 문제가 있고, 그렇지 않은 문제가 있다. 그저 시간이 흐르기를 기다려야 하는 문제들 말이다.

늘 해결하지도 못할 문제들을 안고 혼자 끙끙 거리고 있었던 과거의 나에게 말해주고 싶다. 그렇게 머리 싸매고 있어봤자 너는 결국 그 일을 해결하지 못한다고. 시간이 해결해 줄 때까지 그냥 편히 있으라고 말이다. 시련이라는 인생의 파도 속에 몸을 맡기고 있다 보면 어디든 도착하게 될 거라고.

그냥 파도가 치면 치는 대로
바람이 불면 부는 대로
같이 흔들리기도 하고 휩쓸리기도 하며
그렇게 흘려보내는 것.
그게 '진짜' 최선일 때도 있다는 것을 이제는 안다.

시간이 흐를수록 분명해지는 것들이 있다

시간이 지나야
보이는 것들이 있다

미술 입시학원에 다니던 시절에 좋아하던 선배가 있었다.

지금 생각해 보면 10대의 나에게 그건 연애 감정이라기보다

동경하는 마음에 가까웠지만,

매일 반복되는 입시에 지친 나에게는 모든 감정이

새롭고 간절하게 느껴졌다.

하지만 그 감정은 본격적인 입시를 앞두고

그 선배가 학원을 먼저 떠나면서 끝났다.

당시에는 세상이 무너진 것만 같아서

학원의 빈 책상을 보며 참 많이 속상해했다.

지금은 얼굴조차 가물가물한데 말이다.

잘 살고 있는 건지 ——— 걱정하는 너에게

이처럼 시간이 흐름에 따라 마음속의 가치 저울이

반대로 기우는 것들이 있다.

그건 연애 문제만 해당되는 것은 아니다.

사회생활을 시작하며 수많은 위기의 순간이 있었고

계획처럼 되지 않는 일들도 많았다.

그때마다 엄마가 내게 해준 말이 있었다.

지나고 나면 별 게 아닌 일이 된다고,

긴 인생에서는 이것 또한 과정일 뿐이라고 말이다.

당시에는 큰 벽처럼 느껴졌던 일이 사실은

인생에선 작은 문턱에 불과했다는 사실을

몇 번 경험한 뒤로는

자연스럽게 시간이 지나면 해결될 거라는 믿음이 생겼다.

어설펐던 열여덟의 짝사랑의 감정이

지금은 풋풋한 추억이 되었듯

긴 시간 안에서 나는 그보다 더한 고민과 시련을

몇 번이고 만나고 극복해냈기 때문이다.

그래서 이제는 나의 감정을 괴롭히는 일이 생길 때면
시간에 맡겨보자며
조금은 의연하게 대처할 수 있는 내가 되었다.

시간이 필요한 일에는 시간을 줄 것!

괜찮은
척하지 않아도
괜찮다

종종 기쁨은 잘 표현하는데

슬픔은 표현하기 어렵다고 말하는 사람들이 있다.

이런 사람들의 특징은 힘든 일이 있어도 시간이 흘러

모든 것이 해결되고 힘든 감정이 옅어진 다음에야

이런 일이 있었다며 주변에 털어놓는다는 것이다.

그때마다 주변사람들의 반응은 두 가지로 나뉘는데

네가 힘든데 몰라줘서 미안하다는 죄책감 유형과

왜 그런 일이 있는데 자신에게 말하지 않았냐고

탓하며 서운함을 토로하는 서운함 유형이다.

어느 쪽이든 당사자는 미안하긴 마찬가지다.

잘 살고 있는 건지 ──── 걱정하는 너에게

예전의 나도 그랬다.

누가 시킨 것도 아닌데 밝은 사람이라는 틀에 갇혀 있었다.

때로 굳이 나의 슬픔을 다른 사람에게

전염시키고 싶지 않았을 뿐인데

오히려 그런 내 마음을 몰라주는

주변 사람들에게 서운하기도 했다.

그러다가 문득 서로를 위했을 뿐인데,

모두가 서운한 이 상황이 이상하다는 생각이 들었다.

왜 그럴까 생각해 보니 원인은

모두에게 좋은 모습만 보이고 싶었던 나에게 있었다.

내가 생각하는 좋은 사람이란 밝은 사람,

만나면 긍정적인 에너지를 주는 사람이고,

사람들도 그런 모습을 나에게 원한다고 생각했다.

그래서 주변사람들에게 내 밝은 모습만 보이길 바랐다.

그 이면에는 결국은 나의 슬픔을

온전히 이해받지 못할 거라는 자포자기의 마음도 있었다.

'어차피 나를 이해하지 못할 텐데,

그런다고 문제가 해결되는 것도 아닌데,

말하고 상처받을 바엔 아무것도 하지 않는 편이

서로에게 좋지 않을까?'

그렇게 슬퍼질 때마다 벽을 세웠고,

어쩌면 그 벽이 서로를 위하는 마음을

오해하게 만들었는지도 모르겠다.

하지만 100퍼센트 온전히 이해하지 못한다고 해도

공감은 할 수 있으며,

털어놓는다고 문제가 해결되는 것은 아니지만

서로를 위하는 마음은 나눌 수 있다.

그동안 어쩌면 나는 내가 만든 '좋은 사람'이라는

틀에 갇혀 있었던 것은 아닐까?

그런 깨달음 뒤에는 조금씩이지만,

내 걱정들과 부정적인 감정도 조금씩 나눌 수 있게 되었다.

얘기하는 것만으로 당장의 문제가 해결되는 것은 아니었지만,

한결 마음이 가벼워지는 것이 느껴졌다.

모든 일에는 또 다른 이면이 있으며,

그렇기 때문에 아무리 밝은 사람이라고 해도

마냥 긍정적인 모습만을 보일 수는 없다는 교훈 또한 얻었다.

비슷한 맥락에서 힘든 일이 있다고 해서

그것이 꼭 나쁜 일이라는 법은 없다는 것을,

인생의 모든 일에는 동전처럼 양면이 있다는 것을 말이다.

내가 원했던 '늘 밝은 나'는 사라졌지만,

진짜 나의 모습을 사람들 앞에서 조금씩 보이게 되었고

그만큼 나의 마음도 더 단단해짐을 느낀다.

거기 있니?
우리 대화 좀 하자!

인생에서 정답이라는
말을 지운다

한 곳에서 오래 지내다 보면 단골가게가 생긴다. 내 작업실 근처에도 자주 가는 카페가 두 군데 있는데, 두 곳 모두 내가 이곳에 자리 잡은 지 얼마 안 되어 문을 열었다. 어째서인지 동질 감이 느껴져 두 가게의 사장님과 이런저런 대화를 나누는 사이가 되었다. 시간은 흘렀고 처음에는 비슷하게 손님을 모으고 입소문을 타는 것처럼 보였던 두 카페가 서로 다른 방향으로 나아가기 시작했다.

안주는 정착의 의미지
게으르다는 말이 아니다.

때로는 변하지 않는 것이,
변화보다 더 많은 노력이 필요하다.

A 카페 사장님은 활달한 성향만큼이나 적극적이고 공격적으로 사업을 확장해 나갔다. 2년이 지났을 즈음에는 터를 옮겨 근방에서는 독보적인 분위기의 카페로 유명세를 타게 되었고, 최근에는 다른 지역에 2호점까지 냈다는 소식을 들었다. 나는 목표한 바를 이루기 위해 쉼 없이 달리는 A 카페 사장님을 보며 진심으로 감탄했다.

그에 비해 B 카페는 언제나 처음과 비슷했다. 카페의 분위기, 가게의 규모와 커피의 맛을 초창기와 다름없이 유지했다. 두 카페를 비교하려고 했던 것은 아닌데, 나도 모르게 A 카페의 행보와 비교하고 있었다. 비슷하게 시작했던 A는 이렇게나 규모를 키웠는데, B는 너무 머물러 있는 게 아닌가 하고 말이다. 그러던 어느 날 나는 참지 못하고 B 카페 사장님에게 그 얘기를 하게 되었다.

"사장님은 정말 괜찮으세요? 다른 곳에서 가게를 해보고 싶거나 좀 더 키우고 싶은 마음은 없으세요? 제가 여기 커피 맛을 아는데 아쉬워서 그래요."

나의 말에 B 카페 사장님은 빙그레 미소 지었다.

"글쎄요. 저는 그냥 이곳에서 같은 모습으로 할아버지가 될 때까지 오래오래 가게를 하는 게 꿈이라서요. 이미 꿈을 이뤘는데 굳이 다른 꿈이 필요할까요? 지금 이곳을 찾는 손님들이 오십이 되고, 육십이 되고, 칠십이 되고, 저도 그렇게 같이 나이를 먹어가면서, 같은 잔에 똑같은 맛의 커피를 마시며, 농담처럼 여긴 그때나 지금이나 변한 게 없네요, 이런 이야기를 하는게 제 꿈이거든요."

B 카페는 안주하듯 머물고 있는 것이 아니라, 그 자리를 지키고 있었던 것이다. 그 순간 그런 질문을 한 내가 부끄러워졌다. 안주하다는 말에 내가 입힌 선입견을 걷어내자 '안주하다: 한곳에 자리를 잡고 편안히 살다'라는 본질이 보이기 시작했다. 성장하고 규모를 키우고 새로운 도전하는 것이 올바른 답이라고 생각했는데, 세상에는 서로 다른 정답을 가진 사람이 모여있어서 조화를 이룰 수 있는 것이고, 사람의 수만큼이나 다양한 정답이 있었던 것이다.

멀리서
응원한다

카카오톡 생일 알림에 익숙한 이름이 떴다.

나는 급히 적당한 기프티콘을 골라

생일 축하한다는 간단한 메시지와 함께 안부를 묻는다.

"어떻게 된 게 우린 이제 무슨 일이 있어야 연락하는 거 같아.

예전에는 매일 봤는데,

이제는 누구 결혼식이 있어야 얼굴이라도 본다."

그녀는 내가 대학교 때 매일 붙어 다녔던 친구 중 하나였다.

그러나 서로 사회생활을 시작하고 각자의 가정을 꾸린 뒤엔,

어쩐지 삶이 분주해져 연락이 뜸해진 끝에

생일에만 겨우 연락을 하게 되었다.

잘 살고 있는 건지 ──── 걱정하는 너에게

잘 지내냐며 서로의 안부를 묻고

같이 아는 다른 친구들의 근황을 묻고 나니

더 이상 할 말이 없어진 끝에,

그녀가 푸념하듯 꺼낸 말이었다.

행간 사이에 미묘한 어색함이 느껴지는 것을 보니

대체 마지막 대화가 언제였나 생각하게 된다.

"요즘 대화가 그래. 별다른 게 없어. 꼭 생존확인 같지 않냐?"

친구의 말에 그런데 결혼식 말고 별다른 일이 있으면

그게 더 무서운 거 아니냐며

농담처럼 대꾸하자 친구가 깔깔거리며 웃는다.

그 웃음만큼은 그때나 지금이나 똑같다.

한바탕 웃고 나니 무미건조했던 대화가 다르게 느껴졌다.

물론 우리의 주변에는 늘 크고 작은 문제들이 넘치지만,

잘 지낸다는 인사는 그 사람의 마음은 아직 그런 것들을

견딜 만큼 단단하다는 의미인 것 같아서 안심된다.

일상을 보내다 보면 다시 파도처럼

이런저런 작은 불행들에 떠밀려가는 순간이 올 것이다.

하지만 이렇게 누구가의 안부를 묻고 또 나눌 때면,

물리적으로 나는 혼자 있지만,

혼자가 아닌 것 같은 든든한 마음이 든다.

각자의 파도를 헤쳐나가고 있을
우리를 응원해,

때로
나와의 거리두기가
필요하다

미술입시를 준비할 때 선생님이 늘 하시던 말이 있다.

내 그림을 멀리서 한번 바라보라는 것이었다.

그림 그리는 것에만 너무 몰두하다 보면

전체적인 조화를 살피지 못할 수 있다.

그러니 중간에 자리에서 일어나 계획대로 그려지고 있는지,

그림이 초기 구상한 의도에서 벗어나진 않았는지

계속해서 확인하라는 것이었다.

거리두기를 통한 자기 객관화의 시간이라고나 할까.

나를 조금 멀리서
바라보기

선생님의 이 조언은 미술입시반을 졸업하고

사회생활을 하면서도 생각지 못한 벽에 부딪혀

고민할 때마다 큰 도움이 되었다.

"상황에 매몰되지 말자. 냉정해질 필요가 있어.

잠시 거리를 두고 지켜보자."

어떤 상황이든, 친구든, 연인이든, 가족이든,

나를 둘러싸고 있는 모든 것에서 한 발짝 떨어져서.

냉정하게 따져보는 것이다.

지금의 행동이 내가 정한 목표에 어떻게 작용할까?

나의 목표와 행동이 일치하는가?

아니면 방향을 수정할 필요가 있는가?

그리고 다시 목표와 방향을 명확하게 수정하는 것이다.

생각보다 많은 사람들이 인생에서 중요하지 않은 것들에

많은 시간과 노력을 쏟는다고 한다.

더 놀라운 건 시간과 노력이 쌓일수록

정말 그런 것들이 중요하다고 믿는다는 것이다.

강한 확신은 때로 고집이 되고

강한 믿음은 시야를 좁게 만들기도 한다.

내가 그리고 있는 인생의 목표와
나아가는 방향이 어긋나 있다고 느낄 때는 잠시 멈추고
한발 물러서서 바라보는 시간이 필요하다.

오늘의 나는
과정이란 것을
기억한다

서랍을 정리하다가 발견한 일기장에서

'오늘은 과정이라는 것을 기억하자'라는 메모를 발견했다.

유독 기분이 좋지 않았던 날에 쓴 것 같다.

그런데 바로 다음 페이지를 보니,

즐거워 보이는 일상이 펼쳐져 있다.

이처럼 오늘 하루를 망쳤다고 해서,

그게 그다음 날로 반드시 이어지는 것은 아니다.

오늘 하루는 조금 망쳤더라도

내일의 내가 만회하면 된다고 생각하고

불행의 연결고리를 끊어버리면

사는 게 조금 편해지지 않을까?

반대로 어제의 내가 어떤 대단한 일을 했든

오늘 무언가를 하고 있지 않는다면

그건 내일의 나에게 어떤 도움도 되지 않는다.

그런 하루하루가 모여 지금의 나이가 되고

지금의 내가 된 거다.

이처럼 오늘의 내가 어제와 내일 사이의

과정이라는 것을 생각하면

인생에 대한 생각이 달라지는 것 같다.

그렇게 지금 나이가 되어도

여전히 나이라는 새로운 숫자 앞에서는 주춤하게 되고

오늘이라는 새로운 날들 앞에서는 긴장하기 마련이지만,

오늘은 과정이라는 사실을 느끼게 된 뒤로는

조금은 부족한 나도, 열정적인 나도, 때로는 낙담한 나도,

무기력해 잠시 쉬어가는 나도,

모두 좋아할 수 있게 되었다.

오늘은 내 인생의 과정!
그렇게 생각하면 인생관이 달라진다.

행복
플레이리스트를
만든다

언제가부터 삶이 의연하고 조용하게 흘러간다.

큰 즐거움도, 큰 슬픔도 줄어들고,

삶이 평행선 같다고 느끼기도 한다.

그럴 때는 작은 행복 리스트들을 떠올려 본다.

마음에 드는 음악들을 조합해

플레이리스트로 만들어 듣는 것처럼,

최근에는 일상에서 잠깐이나마 행복하다고 느꼈던 순간들을

플레이리스트처럼 기록하기 시작했다.

가끔 리스트를 꺼내 하나하나 읽다 보면

그 순간순간이 주는 기쁨이 꽤 크게 느껴져서

잘 살고 있는 건지 ———— 걱정하는 너에게

내가 꽤 행복한 사람이라는 생각이 든다.

엄밀히 따지자면 작은 일상에 불과하지만

'행복 플레이리스트'에 담고 나니

아주 특별한 일상처럼 느껴진다.

우리는 늘 커다란 것을 꿈꾸고 나아가지만

결국 내 하루의 대부분을 차지하는 것은

이러한 작은 일상이다.

어쩌면 삶에 가끔 찾아오는 큰 행복들도

이 작고 사소한 행복들이 하나둘 쌓여

만들어진 것이니 말이다.

나만의 행복 플레이리스트를 적어볼 것,
그리고 삶이 불행하게 느껴질 때 꺼내볼 것!

친구의
의미에 대해
생각한다

요즘에는 친구란 무엇인가에 대해 생각한다. 어린 시절에는 친구의 의미에 대해 생각할 필요가 없었다. 친구란 그냥 늘 내 곁에 있는 존재였기 때문이다.

하지만 나이가 들수록, 먹고 사느라 바쁜 와중에 시간을 쪼개어 친구를 자주 만나는 것이 점차 어려워졌다. 회사에서는 자리를 잡았겠으나 지금의 위치를 지키기 위해 많은 시간과 노력을 쏟아야 하고, 또 결혼하면 챙겨야 할 가족들도 늘어나고, 아이가 생기면 시간을 분 단위로 쪼개야 할 정도로 시간이 부족해진다. 이십 대보다 안정적이지만, 필수적으로 마음과 에

너지를 쏟아야 할 대상들이 너무 많아지는 것이다. 그러다 보면 우선순위에서 친구들은 후순위로 멀어진다. 그래서인지 특별한 일이 없어도 보고 싶다는 마음 하나로 쉽게 친구들을 만나던 그 시절이 가끔 그립기도 하다.

일, 사랑, 연애, 진로 모든 것이 정처 없이 흔들리던 그 시절에 내 곁을 지켜준 건 바로 친구들이었다.

지난 기억들을 회상하다 보니 어쩌면 우리는 그저 시간과 삶에 쫓겨 몸이 멀리 있을 뿐 마음이 멀어진 건 아닐 거라는 믿음이 생겼다. 자주 만나지 못한다고 해서 추억이나 마음이 사라지는 것도 아닌데, 이십 대가 함께 흔들리는 과정이었다면, 그 시기를 거쳐 지금의 우리는 묵묵히 자신의 자리를 지키는 존재가 된 것이다. 말하지 않아도 서로의 속내를 짐작하는 나이가 되었고, 마음으로는 서로를 묵묵히 응원하고 있을 테니 그걸로 된 게 아닐까? 다만, 어느 날 친구가 생각날 때 편하게 전화를 걸어 이야기를 나누고 진짜 조만간 보자는 말로 예정된 만남을 기약할 수 있다면 말이다.

앞으로는 생각이 나서 '그냥' 하는 연락들이 많아지길 바란다.
그리하여 조금 더 가벼운 마음으로 서로를 응원하며 각자의
자리에서 조금 더 행복해질 수 있기를.

흘러갈 감정에
휘둘리지 않는다

프리랜서로 일하며 늘 의연한 척하기는 하지만 멘탈이 급격히 흔들리는 순간이 있다. 그건 스스로 만족스러워서 완벽하다고 생각했던 작업에 수정 요청이 올 때다. 그런 날은 몸과 마음이 바람 빠진 풍선처럼 쪼그라들어 몇 날 며칠을 보내게 된다.

생각은 꼬리에 꼬리를 물고 어느 순간 아직 오지도 않은 미래의 여러 상황을 시뮬레이션하며 상상력을 발휘하고 있는 나를 발견한다. 불안은 주변의 다른 감정이나 생각까지 감염시키며 몸집을 불린다. 지난날의 내가 그랬다.

문제의 정면이 아닌 측면을 파고들어 끊임없이 부정적인 가능성을 찾아냈다. 내 그림이 어디가 마음에 안 든 걸까? 그럼 왜 나한테 연락했지? 혹시 막상 결과물을 받아보니 생각과는 달랐나? 아니면 그림이 아니라 내가 싫은 건가? 아, 언제쯤이면 모든 일에 능숙해져 이런 생각을 안하게 될까? 사실 재능이 없는 건 아닐까? 그러다 보면 다음 날 아침이 올 즈음에는 내 모습이 부끄러워서 이불 밖으로 나오기도 힘든 지경이 되었다. 이렇게 늘 긴장과 스트레스가 동반되니 건강도 좋을 리 없었다.

그로 인해 한 차례 크게 아프고 나서는 마음을 바꾸었다. 불안을 정면으로 마주하기로 한 것이다. 불안은 단지 '불안하다'는 나의 상태를 의미하는 것일 뿐이며, 미래의 어떤 단서나 징조가 아니라는 것을 말이다.

가장 좋은 방법은 '말(상황)을 있는 그대로 받아들이기'다. 즉, 그 프로젝트의 담당자가 그림 수정을 요청한 것은 단순히 그 부분에 대한 것뿐이며 나에 대한 평가나 나의 재능, 나에 대한 호감, 그 사람과 나의 관계와는 아무 관련이 없다는 것이다.

여전히 명확하지 않다면 물어본다. 구체적으로 어떤 부분이 마음에 들지 않았는지, 나는 이 문제에 대해 이렇게 생각하는데 상대방은 어떻게 생각하는지 말이다.

물론 그렇다고 해도 여전히 불안은 남아 있다. 하지만 운동선수가 큰 경기에 나갔을 때 적당한 긴장감이 좋은 성과를 내는데 긍정적인 효과를 주는 것처럼, 나도 이러한 불안을 또 다른 원동력으로 삼기로 했다.

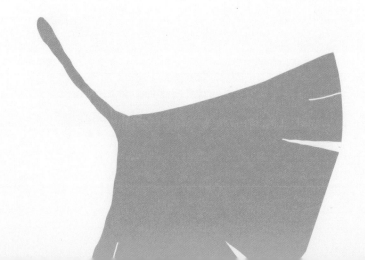

나에게
먼저 묻는다

관심사가 다양하고 부지런한 동생은 본인의 일뿐만 아니라 내가 하는 일에도 관심이 많다. 내 그림으로 할 수 있는 아이디어를 부지런히 모아 끊임없이 제안하는데, 아이디어를 듣는 것까지는 흥미롭지만 이내 아이디어를 구체화해 보자는 이야기가 나오면 나는 곤란한 얼굴을 하며 발을 빼고는 했다. 의견은 대단히 흥미롭지만, 지금은 그럴 여유가 없다며, 내가 잘할 수 있는지도 모르겠다고 말이다.

"해보기 전까지는 잘할 수 있을지 모르는 거잖아. 그런데 왜 미리 결론을 내는 건데?"

핀잔 섞인 동생의 말에 그때마다 일을 크게 벌일 마음의 여유가 지금은 없다는 이유를 들어 그림을 그리면서 시간적 여유도 즐길 수 있는 지금이 딱 좋다고 스스로를 납득시키고는 했다. 하지만 그렇게 말하면서도 그게 내 100퍼센트의 진심이라고 확신하지 못했다. 사실은 지금보다 더 나아질 자신이 없어서, 지금이 좋다는 말 뒤에 숨어버린 것은 아닌지 고민스럽기도 했다. 물론, 꼭 뭔가를 이루고 성장하는 것만이 나를 사랑한다는 의미는 아니라는 것을 안다.

'번거롭기만 할걸. 괜히 시작했다가 잘 안되면 어떻게 해. 지금은 그럴 여유가 없어.'

하지만 그보다는 이런 핑계들로 내가 정말 나아가야 하는 순간, 멈춰 서 있는 것은 아닌가 고민스럽다. 그저 단지 순간을 모면하기 위한 핑계는 아니었을지, 내가 나를 위해 해야만 했던 일들을 너무 쉽게 포기한 것은 아닌지 말이다. 어쩐지 그 이후 그 말이 마음에 남아, 가끔 결정 앞에서 도망치고 싶거나 숨고 싶을 때마다 나에게 질문한다.

정말 이 일을 하고 싶지 않아? 나중에 후회하지 않겠어?

천천히 가도 좋지만, 그저 머물러있는 건 아닌지 생각해 봐.

그게 정말로 좋은 건지,

아니면 사실 두려워 멈춰 있는 건 아닌지.

지금 추위 속에 있다고
절망하지 않는다

눈이 많이 오던 날이었다.

집까지 가는 길이 너무 멀고 막막하게 느껴지던 날,

어쨌거나 방법이 없으니,

평소처럼 버스를 탔다.

눈이 와서인지 버스는 사람들로 북적거렸고,

평소보다 더 긴 시간이 걸려서야 집에 도착했다.

신발과 옷과 함께 차갑게 식은 몸으로

집 안에 들어갔을 때 느껴지던 온기와 아늑함이

어찌나 행복하게 느껴지던지.

때로 내가 헤쳐 나가야 하는 상황들이

너무 막막하게만 느낄 때가 있다.

그럴 때는 앞이 하나도 보이지 않는

차가운 눈밭 위에 홀로 서 있는 기분이다.

하지만 결국에는 그 눈도 그치고

내가 서 있는 길 끝에 따스한 집이

기다리고 있다는 것을 알기에

스쳐 지나가면 그만일 이 겨울 같은 순간들을

더 이상 두려워하지 않게 되었다.

4장

나와 잘 지내기 위해
알아야 할 것들

당연한 것은
없다

늦여름과 늦가을, 1년 중 고작 3개월이

세상의 전부인 잠자리에게

색색의 꽃이 피는 봄이나 초여름의 푸름,

눈 내리는 겨울의 아름다움을 아무리 말해봤자

영원히 알 수 없는 것처럼,

나에게는 당연하다고 여겨지는 것들이

누군가에게는 당연하지 않을 수 있다.

선택의 기회비용을
따져본다

좋아하는 것보다는 잘할 수 있는 것을 하라고, 그건 내가 새내기 대학생이던 시절 어떤 선배에게 들은 진로에 관한 첫 조언이었다. 그 선배는 그렇게 해야 인생이 편하다고 했다. 하지만 결론적으로 그 말은 반은 맞고 반은 틀렸다. 내가 좋아하는 것을 선택했고 결론적으로는 잘 되었지만, 그때 그림이 아닌 전공을 살려 디자이너가 되었다면 어땠을까 가끔 궁금해진다. 그랬어도 지금처럼 할 수 있었을까? 여전히 무엇이 더 낫다고 결론 내릴 수는 없다.

처음부터 좋아하는 것을 선택하는 사람도 있지만, 처음에는 자신이 무엇을 좋아하는지 모르다가, 자신이 잘하는 일을 하다 보니 그 일을 좋아하게 되고, 그렇게 그 분야에서 최고가 되는 사람들도 많이 봐왔기 때문이다.

지금도 선택에 기로에 서 있을 때는, 내가 선택하지 않음으로써 지불해야 하는 선택의 기회비용에 대해 고민해 본다. 그리고 내가 선택한 것과 선택함으로 인해 잃은 다른 쪽을 저울에 달아보는 것이다.

그럼에도 불구하고, 라는 생각이 든다면
내 마음이 조금 더 움직이는 방향으로 간다.

멀티 페르소나를
만든다

프리랜서로 그림을 그리다 보니

홍보를 위해 SNS를 하는 것이 필수였다.

그림이라는 것 자체가 시각적인 일이다 보니

전시회가 아니고서야 많은 사람에게

내 그림을 선보일 수 있는 공간이 한정적이기 때문이다.

그런데 그림을 올리며 팔로워를 늘려가고 있는 와중에

문제가 생겨버렸다.

문제의 발단은 내가 가끔 올리는 일상 사진이었다.

예전부터 개그 욕심이 있었던 나는 감성적인 그림들 사이에

코믹한 일상 사진을 아무 생각 없이 올리곤 했다.

그런데 아기자기하고 귀여운 그림들 사이에서

갑자기 웃기고 이상한 사진과 함께

부장님이나 할 법한 아재개그가 등장하니

팔로워 입장에서는 당황스러울 수밖에 없었다.

그런 상황이다 보니 지인들이 개인 메시지로

제발 이미지 관리 좀 하라는 조언을 보내왔다.

'하지만 이런 모습도 나이고 저런 모습도 난데.'

그렇게 정체성의 혼란을 겪으며

한동안 SNS 정체기를 겪다가 개인계정을 만들었다.

일상 사진을 올릴 때마다 사진이

내 그림의 분위기나 다른 피드와 어울리는지

고려하는 등의 심리적인 검열에서 벗어나고 싶었다.

그렇게 나는 본의 아니게 감성적인 그림을 위한 계정 하나,

내 본모습을 그대로 보여줄 수 있는 계정 하나,

SNS 두 집 살림을 하게 되었다.

감성적인 모습도 실없는 개그를 하는 모습도

모두 나이기에 포기하고 싶지 않았다.

최근에는 이런 내 고민을 반영하는

단어가 나왔는데 바로 '멀티 페르소나'다.

다중적 자아라는 뜻으로

개인이 상황에 맞게 다른 사람으로 변신하여

나의 정체성을 표현하는 것을 말한다.

《트렌드 코리아 2023》에서는 멀티 페르소나가

단지 취미생활에 대한 트렌드라기보다

진짜 자아를 찾아가려는 노력이라고 정의했다.

또한, 그러한 노력은 결국엔 행복과 연결된다.

이런 단어까지 나오는 걸 보면

이런 고민을 하는 게 나만은 아니라는 생각이 들었다.

현재로서는 이런 나도, 저런 나도,

자유로울 수 있는 최선의 방법이다.

그럼에도 불구하고
잘하고 있다고 믿는다

어쩐 일로 J가 먼저 만나자는 연락을 해 왔다. 회사에서 팀장이라는 직함을 단 이후로 매일 야근인 탓에 연락조차 쉽지 않았던 터라 심상치 않았다. 만나자마자 무슨 일이냐고 물어보니 푸념을 시작했다. 후배의 실수 때문에 상사에게 혼이 난 얘기였다. 듣고 보니 후배의 실수는 J가 어찌할 수 없는 부분에서 벌어진 일이었다.

"그냥 네 잘못이 아니라고 하지."
"변명하면? 내 잘못이 아니라고 하면 그러면 넌 뭘 했냐고 할 테고, 나보나 한참이나 어린 후배의 잘못을 들춰내자니 그것

도 좀 아닌 거 같고. 나도 그 나이에는 실수를 많이 했거든. 그러고 보면 우리 선배들도 다 그런 과정을 거쳤을까?"

무슨 말인지 알 것 같았다. 일을 하는 시간이 많이 쌓이면 뭐든 능숙해질 거라 믿었다. 하지만 그때에서 크게 달라지지 않은 것 같다는 기분이 드는 것은 왜일까? 산다는 게 다 그렇지 뭐, 쉬우면 그게 인생이겠어. 일에 익숙해진다고 해도 상황이 달라지고, 위치가 달라지고, 그러면 또 새로운 문제가 생길 테니 말이다.

"이번에도 그냥 흘려보내야지 뭐, 어차피 벌어진 일인걸."

친구의 말을 들으며 어떠한 일은 완벽하게 해결하려고 하기보단 흘러가는 대로 흘려보내는 것이 방법이 될 수도 있겠다 싶었다. 불안하고 억울할지라도, 변화하는 상황에 완벽하게 대응하지 못할지라도, 그럼에도 불구하고 우리는 조금씩 좋은 방향으로 한 발 한 발 가는 중이라고 생각하기로 했다. 지금을 견뎌내고 있는 우리가, 내가, 잘하고 있다고 믿어주기로 했다.

어떤 문제에는
유예기간을 둔다

오랫동안 제일 친한 친구라고 주저 없이 말했던 친구가 있었
다. 모든 걸 공유하고 서로의 꿈과 사랑까지 응원해주던 친구
였다. 하는 일은 서로 달랐지만, 비슷한 보폭과 같은 온도의 열
정을 공유하고 있어 여러 면에서 서로 위로를 주고받으며 함
께 걸었던 친구였다.

이유를 콕 집어 말하기는 힘들지만 그녀가 먼저 결혼하고, 아
이를 낳은 뒤 육아와 일로 분주해지면서 서로의 보폭이 달라
졌던 것 같다.

자신의 속도로 걷고 뛰다 보면, 시간이 흘러,

어쩌면 같은 선에 도착해 있을 수도 있지 않을까?

나는 이해하는 척했지만 겪어보지 않아서 알 수 없었고, 아마 그녀도 아닌 척 했지만 그런 내 모습이 내심 서운했는지도 모른다.

인터넷에 인간관계에 대한 수많은 조언들이 떠돌지만, 그중에서 남을 사람은 남고 떠날 사람은 떠난다는 그 말이 나는 냉정하게 느껴진다. 어떤 인간관계는 선을 긋고 거리를 두는 게 현명할 수도 있겠지만, 오랜 시간 내게 소중했던 사람이 그런 대상이 되었을 때는 어떻게 하는 것이 맞는지 늘 혼란스럽기만 하다.

그래서 애써 거리를 둘 필요도, 마음을 닫을 필요도 없이, 내 안에서 시간을 가져보기로 했다. 어떻게 하고 싶은 건지 내 마음을 잘 살펴보고, 상대가 내게 어떤 존재인지를 다시 한번 생각해보는 시간을 갖기로 한 것이다.

사람의 보폭이 늘 같을 수는 없다. 어떤 때는 뛰기도 하고 걷기도 한다. 내가 뛰고 싶다고 해서 그 사람도 꼭 함께 뛰어야 하는 것도 아니다.

자신의 속도로 걷고 뛰다 보면, 시간이 흘러, 어쩌면 우리는 같은 선에 도착해 있을지도 모른다. 그때가 될 때까지 기다려 보기로 했다.

마음이 가벼운 쪽을
선택한다

몸도 마음도 예전 같지가 않다. 거울을 보면 변한 것은 없는데

나이만 드는 것 같아서 우울해진다.

반복되는 일상은 이전보다 안정을 찾은 것처럼 보이지만, 이 따금 너무 안주하고 있는 것은 아닌지 불안해진다. 내게 맞는 방향은 찾은 것 같은데 왜 나는 여전히 막막할까?

어쩌면 이제는 '무엇'이 아니라, '어떻게'를 고민해야 하는 나이가 되어서인지도 모른다. 목표가 뚜렷하더라도 방식이 나와 맞지 않다면 마음이 무거워질 수 있다. 무거워진 마음은 나를 붙잡는다. 그러니까 조금은 느리더라도 나에게 맞는 방식으로 조금씩 나아가면 어떨까?

나에게 먼저
좋은 사람이 된다

나에게는 누구에게나 좋은 사람이고 싶은

좋은 사람 콤플렉스가 있다.

사람은 인정욕구가 있어 누군가 나에 대해

안 좋은 평가를 하면 크게 흔들릴 수밖에 없는데,

나는 특히 좋지 않은 말이나 평가를 들으면

내 탓인 것만 같아서 오래 마음에 두고 곱씹고는 했다.

그 때문에 중요한 선택을 앞두고도

다른 이의 시선이 신경 쓰여

갈팡질팡하다가 기회를 놓쳐 후회하기도 했다.

내가 보는 나의 모습은 어떨까?
나에게 먼저 좋은 사람이 될 것.

그런 반복되는 상황이 지쳐 있던 어느 날,

남의 평가라는 것은 단지

남의 생각에 불과하다는 생각이 들었다.

내가 완벽하지 않듯

그 사람의 생각도 완벽하지 않기 마련인데,

왜 나를 단편적으로 본 남의 평가에 기대어

나를 바라보았던 걸까?

나를 제일 잘 아는 것은 다른 누구도 아닌 나인데 말이다.

무엇보다 나야말로 내 문제를 가장 심사숙고하는 사람이었다.

그때부터는 오로지 나의 시선에만 신경 쓰기로 했다.

이게 나에게 좋은 결정일까?

내가 나에게 너무 냉정한 것은 아닐까?

좋은 사람이 되기 위해서는

거울에 비춰 보았을 때 보이는 단 한 사람,

그 사람에게 가장 먼저 좋은 사람이 되어야 한다는 것을

깨달았다.

빛나는 것들로
삶을 채운다

삼십 대에 들어 처음 운동을 시작했다.

이십 대의 나는 운동 근처에도 가지 않았지만,

삼십 대에 들어서니 주변에 많은 사람들이 운동을 했다.

운동을 왜 하냐고 물으면 십중팔구는

살기 위해 한다는 대답이 돌아왔고

이따금 지금 여건에서 가장 빠른 시간 내에

눈으로 결과를 확인할 수 있는 도전이라는 답도 있었다.

실제로 운동을 하면서 그 말의 의미를 알게 되었다.

여러 기구를 사용하는 재미도 있었고,

다양한 동작을 하며 근육에 쓰이는 힘에 집중하는 것도 좋았다.

또 운동이 능숙해지며 근육의 쓰임을 알아가는 재미도 있었다.

오랜만에 설레기 시작했다.

30대 후반에 들어선 지금,

웬만한 건 거의 해본 거 아닌가 하는 생각을 했다.

좋고 싫은 것이 분명해졌고

삶의 세세한 기준은 이미 다 세워졌다고 생각했다.

그리고 그 기준에서 벗어나지 않으려고 노력했다.

이 정도면 됐다, 라고 생각하며

적당한 정도의 노력으로 끝맺음을 한 일도 많다.

인생을 반도 살지 않은 주제에

마치 인생을 다 산 사람처럼 굴고 있었던 건 아닐까.

운동을 하며 알게 되었다.

내 삶의 무언가를 채우는 일은 계속 된다는 것을.

40대가 되어서도, 50대가 되어서도.

죽기 전까지 재미있게 살고 싶다는 어떤 책의 제목처럼,

미리 나이에 한정 지을 필요 없이 삶의 재미를 찾다보면

앞으로의 인생을 더 재밌고 즐겁게 보낼 수 있지 않을까?

주어진 짐을
기꺼이 받아들인다

프리랜서다 보니 회사원들보다는

출퇴근 시간이 유동적인 편인데

가끔 퇴근 시간대가 겹치면

아파트 단지 부근에서 익숙한 얼굴들을 만난다.

이름은 모르지만

어딘지 익숙한 얼굴을 한 사람들과 함께

걷다 보면 왠지 모를 동질감에 사로잡힌다.

아파트 입구를 지나 내가 살고 있는 동까지 올라가는 길,

정장 재킷을 한쪽 어깨에 걸치고 터덜터덜 걷는 사람,

오는 길에 장을 봤는지 가방끈을 길게 늘려 크로스로 메고

장바구니를 든 사람,

책가방이 무거운지 연신 어깨를 들썩이며 걷는 아이,

각자의 어깨에 멘 것이 다름 아닌 각자가 감당해야 할

무게처럼 느껴져서 많은 생각들이 몰려왔다.

인디언들의 격언에 의하면,

큰 강을 건널 때는 반드시

큰 돌덩이를 짊어지고 가라는 말이 있다고 한다.

그건 급류에 휩쓸리지 않도록

중심을 잡기 위해서라고 하는데,

바로 등에 짊어진 이 '무거운 짐'이 사실은

자신을 살리는 무게를 의미한다고.

우리 인생도 비슷하지 않을까?

살면서 누구나 각자만의 짐을 짊어지고 살아가고,

때로는 그 짐이 삶의 의미나 목표가 되기도 하니 말이다.

그래서인지 내가 다른 이의 출퇴근길을 마주할 때면

회사를 출퇴근하는 직장인도 아니고

학교에 다녔던 시절도 너무 오래전이라 까마득하지만,

어쨌거나 사느라 겪었을 노고가 전해지는 것 같아서

마음이 짠해지고 응원하고 싶어진다.

그날 저녁 야근하고 현관에 들어서는 남편에게 뜬금없이

'고맙다'고 했더니 '내가 뭘 잘못했지?' 란

반응이 돌아왔지만,

그럼에도 오늘도 씩씩하게 잘 살아줘서,

힘든 사회생활을 잘 버텨줘서,

그럼에도 문을 열고 들어오며

웃는 모습으로 날 행복하게 해주어 고맙다.

이 말을 그에게, 오늘 수고한 나에게,

그리고 오늘 무사히 하루를 잘 마친 모든 사람들에게

해주고 싶다.

인간관계의
마지노선을
정한다

오랫동안 비어 있던 옆집이 인테리어를 한다며 한동안 시끄럽더니 누군가 이사를 왔다. 하지만 한 달이 지나도록 옆집에 산다던 이웃을 만날 수 없었다. 활동 시간이 다른 건지, 사람이 살기는 하는 건지 의문이 생길 무렵 이따금 들려오는 소음을 통해 그 사람의 존재를 마주하게 되었다.

일주일에 한두 번 시끌시끌한 음악소리가 벽을 타고 들려왔다. 여러 사람이 놀러 왔는지 쿵쿵거리는 발소리도 들렸다. 신혼부부나 1인 가구처럼 소규모 가구가 많이 거주하는 아파트 단지의 특성상 익숙하지 않은 소음들이 불편하고 낯설었지만

어떻게 해야 할지 몰랐다. 또, 잠시 참고 말지 이런 문제로 오가며 얼굴을 볼 이웃과 얼굴을 붉히고 싶지 않았다.

그러나 시간이 흐를수록 옆집의 파티 규모는 커졌고 잦아졌다. 그와 함께 소음들도 더 이상 참기 어려운 수준으로 몸집을 불렸다. 그러던 어느 날, 일요일에서 월요일로 넘어가는 새벽이었다. 아침 일찍 출근하는 직장인인 남편과 달리 별다른 일정이 없었던 나는 혼자서 거실에 작은 불 하나만 켜두고 영화를 보고 있었다. 그때, 마치 클럽에라도 온 듯 거실 벽을 타고 쿵쿵거리는 음악소리가 들려오기 시작했다. 게다가, 맙소사 이번엔 마이크까지 등장했다! 마치 옆방에서 부르는 것 같은 또렷한 노랫소리에 나는 할 말을 잃었다. 시간을 확인하니 새벽 두 시, 모두가 깊이 잠들어 있을 시간이었다.

화가 났다. 지금까지 배려해 주면 배려가 돌아올 줄만 알았다. 그게 내가 그동안 배운 인간관계였으니까. 하지만 내 배려가 오히려 상대방에게는 권리를 침범해도 된다는 신호로 느껴졌던 것이었다. 문득 머릿속에 그동안 내가 준 호의를 권리인 줄 알고 무례했던 사람들의 얼굴이 하나둘 스쳐 지나갔고, 자리에서 벌떡 일어나 비장한 얼굴로 포스트잇에 글씨를 쓰기 시작했다.

'새벽 2시에 노래를 부르는 것은 예의가 아니라고 생각합니다. 최소한의 예의를 지켜주세요.'

다음날 늦은 출근길에 나는 옆집 현관문에 쪽지를 붙여두고 도망치듯 나왔다. 내 쪽지를 봤을까? 적반하장으로 나오면 어떡하지. 익숙하지 않은 클레임(?)을 걸려니 하루종일 심장이 쪼그라드는 것 같았다. 생각해 보면 나는 식당에서도 음식에 머리카락이 나오거나 나보다 뒤에 온 사람의 음식이 먼저 나와도 항의하지 못하는 유형의 사람이었다. 대망의 퇴근길이 되었다. 쪽지가 그대로 있는 것을 보니 옆집 사람은 아직 쪽지를 확인하지 못한 모양이었다. 그런데 내 쪽지 아래로 두 개의 쪽지가 더 붙어 있었다.

'한번 더 이런 일이 있을 시에 신고하겠습니다.'
'떼창은 콘서트에 가서 하는 거로, 매너 좀 지켜주세요.'

그 쪽지 두 장이 뭐라고 마음이 한결 든든하고 가벼워졌다. 게임을 하다보면 경험치라는 게 있다. 어떤 행동을 반복적으로 하다보면 경험치가 쌓여 전반적인 스킬이나 체력이 업그레이드 되는 것을 말하는 건데, 문득 우리가 사는 모습도 그와 다르지 않다는 생각을 한다. 누군가에게 쓴소리 한번 해본 적 없던 내가 쪽지 한번 썼다고 해서 엄청난 경험치를 얻었다고는 할 수 없지만, 적어도 이제 일어나지도 않을 뒷일을 상상하며 불편한 일을 당해도 모른 척하고만 있지는 않을 테니 말이다. 그날 이후 옆집에서는 콘서트를 열지 않는다.

그렇게 인생의 경험치＋1을 차곡차곡 쌓아가고 있다.

나의 배려가 누군가에게는
권리를 침범해도 된다는
신호로 느껴졌던 것이다.

인생은 주관식,
마음 가는 대로 채운다

모든 문제에 답이 있는 건 아닌데 늘 정답을 찾으려고 했던 건 아닌지 모르겠다. 인생은 각자 다르게 써 나가는 주관식이라는데, 수학문제처럼 생각해서 어떻게든 풀어내려고 전전긍긍했던 지난날의 나를 돌이켜본다. 어떤 것은 흘러가는 대로 내버려 두는 것이 답이고, 어떤 것은 아예 답이 없는 문제도 있다. 삶에는 객관식도, 주관식도, 논술 문제도 잔뜩.

꼭 정답이 있어야 하는 것도 아니며, 남이 어찌해줄 수 없는 나만의 문제도 있다. 유일한 답은 각자의 삶에는 정답이 없다는 것이다.

그리고 정답이 없으면 오답도 없기에, 어찌 되었든 내가 선택한 것을 정답으로 만드는 방법밖에 없는 것 같다.

싫은 것은
싫다고 말한다

예전부터 감정 표현이 풍부하다는 얘기를 듣곤 했다.

여기서 감정 표현이라는 것은 리액션을 의미하는데,

상대방의 얘기를 잘 들어주고

적절히 반응해 준다는 의미였다.

그런데 지금은 그게 정말 내 감정이었을까 하는 의문이 든다.

감정이란 즐거움이나 행복처럼 긍정적인 감정도 있지만,

분노나 짜증, 우울과 같은 부정적인 감정도 있다.

감정 표현을 잘한다는 것은 긍정적인 감정을 넘어서,

부정적인 감정까지도 잘 표현하는 것을 의미하지 않나?

하지만 그때 나의 감정 표현은

긍정적인 감정에만 한정되어 있었다.

그것도 진짜 내 감정인지 모를 감정들에 말이다.

나는 약속을 어기는 것을 싫어해서

약속시간 직전에 만남이 틀어지면 화가 났지만,

상대방이 불편할까 봐 웃으면서 괜찮다고만 했고,

얼핏 서운한 감정이 들어도

선뜻 말하지 못하고 속으로 삭이기만 했다.

그러다 보니 웃으면서도 마음 한구석이 찜찜하거나

이유 모르게 마음이 가라앉기도 했다.

왠지 모르게 괜찮다고 해놓고

뒤돌아서서 이런 생각을 하는 내가

이상한 사람이 된 것만 같았다.

그럼에도 부정적인 감정을 드러낸다는 것이

불편하고 어색하게 느껴졌다.

하지만 퍼 올리지 않은 부정적인 감정들은

차곡차곡 마음의 우물 속에 쌓였다.

그러던 어느 날 그렇게 쌓아놨던

부정적인 감정이 흘러넘치던 날,

나는 내가 부정적인 감정 표현을 피하고 미룰수록

내 마음이 불편해지는 상황이 늘어난다는 것을 깨달았다.

그 뒤로는 싫은 것은 싫다고,

아닌 것은 아니라고 말하게 되었다.

나의 마음과는 다른 표현들이

무엇보다 내 마음을 병들게 했기 때문이다.

나를 지키기 위해서, 더 나아가

타인과의 건강한 인간관계를 위해서는

필요하다면 '싫다'고 말하는 것이 더 낫다.

그렇게 해서 끊길 관계라면 애초에

이 관계의 끈을 잡고 있는 것은 나 혼자였던 것이 아닐까?

때로는 웃으면서, 때로는 단호하게,

필요한 순간에 필요한 감정을 드러내는 사람이고 싶다.

잘 살고 있는 건지 ──── 걱정하는 너에게

사실은 안 괜찮아.

서로의 다름을
이해한다

지금이야 손발이 척척 맞지만, 연애시절 나와 남편은 서로 다른 점이 많았다. 겉으로 드러나는 성격도 전혀 다르지만, 같은 상황도 다르게 해석하는 경우가 많아 깜짝깜짝 놀랄 때가 많았다.

지금의 남편이 남자친구이던 시절, 서로의 집에 초대받았을 때의 일이다. 그는 우리 집 선반 위 줄 맞춰 잘 정리된 피규어들 사이 먼지를 손가락으로 스윽 닦아내며 의뭉스럽다는 듯 웃음을 지어 보였고, 나 역시도 그의 집에 초대받아 갔을 때 물건들은 제자리라고는 없이 여기저기 널려 있지만, 바닥과 책상만은 먼지 한 톨 없이 반짝반짝한 그의 방을 보며 웃고 말았다. 내게 청소란 정리였고, 그에게 청소란 먼지 제거였다. 하나의 단어를 완전히 다른 의미로 생각한다는 게, 마치 지구상에 있는 완전히 다른 생명체를 보는 것 같은 기분도 들었다.

그렇게 달랐던 우리가 지금처럼 잘 맞게 된 것은 서로가 다르다는 것을 받아들였기 때문이다. 생각이 달라서 곤란하거나 맞춰야 하는 것이 아니라, 상대의 다른 점이 나의 부족한 점을 보완할 수 있어 오히려 좋다고 생각하기 시작한 것이다.

예를 들어, 청소할 때는 내가 정리를 하면 남편이 뒤따라 다니면서 청소기를 돌리거나 바닥을 닦는다. 영화를 보면서 서로의 의견이 다를 때도 이렇게 다양하게 해석할 수 있어서 더 재미있다고 생각한다. 이처럼 한 공간에 지내면서 매일 서로가 다름을 받아들이다 보니, 그 이후 나는 '다르다는 것'을 긍정적으로 생각하게 되었다. 나는 나 너는 너, 라고 생각하고 나니 인간관계에서 여유를 가지게 되었다고나 할까?

나와 다른 사람, 나와 맞는 사람을 구분하지 않고, 그저 그 사람 그대로를 인정해 주는 것. 모두 자신이 만들어 낸 결을 따라가고 있고, 그들의 삶과 인생은 내가 전부 알 수 없는 일이라 생각하면서 말이다.

영화 한 편을 봐도 생각이 서로 달라서
대화가 끊임없이 이어진다.
이거야말로 천생연분 아닐까?

삶의 불완전함을
사랑한다

프리랜서로 혼자 일하다 보면 의견을 구할 곳이 없어서, 친한 친구에게 감상을 물어볼 때가 있다. 정작 작업하고 마감할 때는 정신이 없어서, 그 시점은 대부분 상황이 종료된 다음이다. 그날도 이미 끝난 작업물을 미련 어린 눈으로 바라보며 "여기 이 노란색이 조금 더 진했으면 어땠을까?" "여기에 꽃이 아니라 나무가 들어가면 더 좋았을까?" 물어보고 있는데, 가만히 얘기를 듣고 있던 친구가 고개를 절레절레 저으며 말했다. 이미 끝날 일이 아니냐며 이게 일이 아니라 헤어진 애인이었다면 밤마다 '자니?' 하고 문자를 보냈을 거라며 놀렸다.

나는 소용없다는 것을 알면서도 이미 지나간 것에 미련을 놓지 못하는 사람이었다. 여행의 마지막엔 늘 가보지 못한 곳을 떠올리거나 더 많은 곳을 가지 못해 아쉬워했고, 지나간 연애에 대해서는 연인에 대한 감정과는 별개로 내가 잘못한 것들을 떠올리며 후회했다. 일을 하면서도 이미 마감한 작업물을 아쉬워하며 후련하게 떠나보내지 못했다.

생각해 보면 미련이 생기는 이유는 모두 '나'였다.

내가 조금 더 잘했더라면, 내가 조금 더 열심히 했더라면, 내가 다른 선택을 했더라면. 그건 다름 아닌 스스로에 대한 원망이었다. 내가 지금과 달랐더라면 결과를 바꿀 수 있었을 거라는. 나에 대한 원망은 쌓여만 갔다. 당연히 자존감은 떨어지고, 떠난 것에 대한 미련도 커져갔다.

그러다가 어느 순간 세상에는 나의 노력과는 별개로 변수라는 것이 존재한다는 것을 알게 되었다. 계획대로 되지 않는 것이 인생이라던가. 온전히 나의 것이라고 말할 수 있을 만한 것도 없다는 것도 알게 되었다. 결론적으로 내가 일을 완벽하게 했든 안 했든 간에 모든 일에 예측할 수 없는 부분이 있다.

각각의 변수들이 블록 조각처럼 맞물려 잘 맞았을 땐 원래 가진 능력치보다 더 큰 시너지를 내기도 하지만, 죽기 살기로 노력해도 운이 잘 맞지 않았을 땐 와르르 무너질 때도 있다. 하다못해 시간표에 맞춰 열심히 달렸지만 5초 늦어 눈앞에서 지하철을 놓치는 것도 어떻게 보면 운인 것처럼 말이다.

어쨌든 지금 쥐고 있는 것을 손에서 놓아야 다음으로 갈 수 있다. 할 수 있는 만큼 했다면, 할 수 있는 일은 내 손에서 완전히 놓아주는 것뿐이다.

모든 일에 100퍼센트의 에너지를 다 쏟아 부을 수는 없다. 에너지를 소진해버리면 다음 일을 할 수 없기 때문이다. 지금 할 수 있는 만큼 하면 되고, 그다음엔 다음 역할을 맡은 누군가가 또 할 수 있는 만큼 해 줄 거라고 생각하면 어떨까. 인생이란 원래 누구 한 사람의 계획으로 이뤄지는 것이 아니니 말이다.

생각해 보면 미련을 쥐고 있는 쪽은 늘 나였다.

손에 쥐고 있는 것을 놓아야 앞으로 갈 수 있다.

그러니 쥐고 있는 손을 조금만 느슨히 해보면 어떨까?

할 수 있는
만큼만 노력한다

가끔 회를 못 먹는다고 말하면 "이 맛있는 걸 못 먹다니" 하는 안타까운 반응이 돌아올 때가 있다. 나도 정말, 이 나이가 되도록 회를 못 먹을 줄은 몰랐다. 어린 시절에는 어른이 되면 모든 음식을 먹게 되는 줄 알았다. 그 당시에 물컹하고 비릿한 회를 어른들이 맛있게 먹는 모습을 보며, 나도 어른이 되면 자연스럽게 못 먹는 것도 못 하는 것도 없이 모든 것에 능숙해질 줄로만 생각했다. 인생에 서툰 그런 내 모습까지도 말이다.

나는 그냥 나다운 게 제일 좋다!

하지만 나는 여전히 회를 먹지 못하고, 어린 시절 꿈꾸던 뭐든 뚝딱 해내는 능숙한 어른이 되지 못했다. 왜 어른이 되면 뭐든 할 수 있을 거라고 생각했던 걸까?

뭐든 척척 해내며 고민 없이 인생을 살아내는 어른의 모습은 어쩌면 우리 머릿속에만 있는 환상일지도 모른다. 삼십이 되어도, 사십이 되어도, 오십이 되어도, 나라는 존재가 본질적으로 달라지는 것은 아닌데 말이다. 그런데 '어른답게' '아이답게'라는 말로 스스로 우리의 행동반경을 제한하는 것은 아닐까?

어른답게 뭐든 능숙하게 해낼 필요도, 어른답지 않다며 자신을 억누르거나, 아이답지 않다고 걱정할 필요도 없는 것 같다. 단지 우리는 모두 오늘이 처음인 오늘을 살아가는 사람들일 뿐이니, 오늘 할 수 있는 만큼만, 내가 할 수 있는 만큼만, 나답게 해내면 된다.

주변에서
작은 의미들을
찾아본다

어제보다 즐겁게 살고,

오늘만큼 내일을 보낼 것.

산다는 건 꽤 많은 일들 안에서 버텨내야 하는 일이라

때로는 그런 조그마한 마음 하나,

의지 하나가 결국 나를 행복으로 이끈다.

그러니 너무 조급해 하지 말고,

오늘 안에서 내가 할 수 있는 것을 하고,

또 오늘만큼 내일도 보낸다고 생각해 보면 어떨까?

그렇게 매일 조금씩 작은 의미를 찾아간다.

잘 살고 있는 건지 ———— 걱정하는 너에게

반짝이는 매일의 나를 찾아내기